RVR

Anke Geyer

Carmen Korn

# Thea und Nat

*Roman*

Rasch und Röhring Verlag

CIP-Titelaufnahme der Deutschen Bibliothek

**Korn, Carmen:**
Thea und Nat: Roman / Carmen Korn. – Hamburg:
Rasch u. Röhring, 1989
ISBN 3-89136-272-2


Schutzumschlaggestaltung: Studio Reisenberger
Satzherstellung: alphabeta Gerds GmbH, Hamburg
Druck- und Bindearbeiten: Ebner Ulm
Printed in Germany

Für Peter.
Und in Erinnerung
an Juscha.

Thea zog die Zeitung noch näher zu sich heran. Die Buchstaben wären vor ihren Augen verschwommen, hätte sie versucht, den Text zu lesen. Doch Thea schaute über die Zeitung zu Nat hin, der sich anschickte, auf das Sofa zu kommen, das vor dem Kamin stand. Als Nat die Beine anzog, bemerkte er ihren Blick.
»Ich gebe zu, daß mir noch die Anmut fehlt«, sagte er.
Thea faltete die Zeitung zusammen, stand auf und ging zu dem Marmortisch und schob die Flaschen hin und her, die dort standen.
»Legst du dich jetzt tagsüber aufs Sofa?«
»Ich brauche ein bißchen Abwechslung. Gib mir noch einen. Das Glas steht auf dem Schreibtisch.«
Thea hielt eine Flasche hoch und schwenkte sie, daß das bißchen Flüssigkeit bis zum Hals schwappte.
»In den zehn Tagen deines Hierseins hast du zwei Flaschen Scotch und fast eine Flasche Bourbon getrunken.«
»Führst du eine Bestandsliste?«
»Der Bourbon steht schon lange da, und den Scotch habe ich zur Feier deiner Heimkehr gekauft.«
»Habe ich gefeiert.«

»Ich dachte, du kannst Bourbon nicht ausstehen.«
Thea nahm das Glas von Nats Schreibtisch und sah dabei auf das Buch, das aufgeschlagen mit dem Rücken nach oben lag. Bullet to Child Welfare. Eines von Nats englischen Lexika. Sie ging zum Tisch zurück, stellte das Glas zu ihrem auf den weißen Marmor und goß in jedes zwei Fingerbreit Whisky.
»Trinken wir auf deine Anmut. Du machst es ganz gut.«
»Na, ich weiß nicht«, sagte Nat.
»Wie bist du an das Lexikon gekommen?«
»Ich habe die Feuerzange zu Hilfe genommen. Als es endlich herunterfiel, hätte es mich fast erschlagen.«
Thea griff nach den Gläsern und stieß dabei gegen den Porzellankopf der Puppe, die an der Flasche Port lehnte. Der kleine Körper kam ins Rutschen und glitt ein Stück über den glatten Marmor, und die Porzellanhände kratzten auf der Platte und gaben ein häßliches Geräusch.
»Mach die Puppe nicht kaputt.«
Thea nahm die Puppe, die in einer Lache Whisky liegengeblieben war, und setzte sie auf. Die graue Hose, die lokker um die Stoffbeine hing, hatte einen großen feuchten Fleck.
»Zitterst du schon, wenn du dir Whisky einschenkst?«
»Du verschüttest natürlich nie was«, sagte Nat.
»Dann wisch es weg«, sagte Thea.
Sie nahm die Gläser und ging zu Nat.
»Ich stelle die Bücher nach unten. Für die paar Bände ist da auch noch Platz.«
Nat sah an Thea vorbei auf das Bücherregal.
»Nein«, sagte er, »laß alles so, wie es ist.«

Thea war an dem Januartag nicht in die Redaktion gegangen. Sie hatte morgens angerufen und von Recherchen geredet. Seit Tagen saß sie an einer Geschichte, die ihr nicht gelang. Nat unterbrach die Übersetzung des Buches, an der er arbeitete, und fuhr mit Thea zur Küste hoch.
»Laß uns laufen«, hatte Thea gesagt. Stiller Strand.
Den Strand hatten sie noch nie im Winter gesehen.
Sie liefen durch den Schutt, den der Sturm angeschleppt hatte, und stiegen über Tannenbäume, in denen Klumpen nasses Lametta hingen. Nat hob kleine Kachelstücke auf, die vom Wasser flachgespült waren, und legte sie in Theas Hand und tat, als seien sie eine kostbare Brautgabe.
»Ich habe ein Zimmer«, sagte Thea.
Nat lachte und schüttelte den Kopf.
Der Wind war laut. Das Wasser war laut.
»Für den Februar.«
Nat legte die Hände an die Ohren.
»Ich ziehe aus«, sagte Thea.
Nat nahm die Hand, in der Thea noch die Kacheln hielt, und drückte sie so fest, daß ihr die Scherben in die Haut schnitten.
»Ich zische ab.«
Sie holte tief Luft, als sei sie atemlos vom vielen Schreien, dabei war ihre Stimme zu leise gewesen. Doch Nat hatte verstanden. Er ließ ihre Hand los, und Thea warf die Scherben in den Sand und sah das Muster an, das sie gelassen hatten.
»Sieh mich an«, sagte Nat.
Thea drehte den Kopf, um ihn nicht anzusehen, doch Nat nahm ihr Kinn und hielt es fest.

»Ich kenne die Nummer mit den Kinderaugen«, sagte Thea und schüttelte ihn ab, »du kannst normal gucken. Nat, die Waise. Das zieht nicht mehr. Ich lass' mir nicht länger das Herz zerreißen.«
»Abzischen«, sagte Nat, »ist das deine neue Sprache?«
Er hob zwei Holzstücke auf und hockte sich in den Sand.
»Hast du noch den Trommler im Kopf?«
»Nein«, sagte Thea.
Nat trommelte, bis er das spröde Holz in Stücke gehauen hatte.
»Der lebt schon zu lange mit seiner Frau«, sagte Thea, »das soll man nicht trennen.«
»Ich bin gerührt«, sagte Nat, »aber es ist irgendwie nicht logisch. Schließlich lebst du auch schon ziemlich lange mit mir.«
»Seit mindestens hundert Jahren. Ich weiß nicht mal mehr, ob es mich schon vorher gab.«
»Was wirfst du mir nur vor?«
»Seit wann bist du ein Anhänger von Logik?«
»Was wirfst du mir nur vor«, wiederholte Nat und kam aus dem Sand hoch.
»Nicht von vorne«, sagte Thea, »das erzählen wir uns auch schon alles seit hundert Jahren.«
»Achtundneunzig davon waren wir glücklich.«
»Laß uns aufhören«, sagte Thea, »ich habe keine Lust, länger Hänsel und Gretel im dunklen Wald zu sein.«
»So laut kann ich nicht pfeifen, daß ich keine Angst habe allein im Wald«, sagte Nat.
Er ging auf Thea zu und breitete die Arme aus, doch Thea trat einen Schritt zurück und ließ ihn stehen.

»Du mußt bleiben«, sagte Nat.
Thea schüttelte den Kopf.
»Nein«, sagte sie, »diesmal nicht.«
Ihre Stimme war jetzt auch im Wind gut zu hören.

Thea hatte die Zusage für das Fest gegeben. Ein Kontakt für Nat. Der Verlag der Gastgeberin glänzte mit einem neuen amerikanischen Autor. Nicht leicht zu übersetzen, die Texte des Amerikaners. Nat konnte das. Thea kannte den Lektor.
Nicht mal Thea wollte absagen. Sie fuhren.
Es war kalt an dem Abend. Auf der Elbe schwamm das erste Eis. Sie kamen zu spät, weil Nat noch lange in der Windjacke, den sandigen Jeans und den verdreckten Stiefeln herumgehangen hatte und ewig brauchte, bis er ausgehbereit an der Tür stand.
Dann mußte er auch noch langsam fahren auf der glatten Chaussee. Als sie ankamen, war es zwei Stunden über die zugesagte Zeit. Nat ließ sich in das Fest fallen, als feiere er das Finale eines frohen Tages. Er hatte bald genug getrunken, um sein tadelloses Deutsch mit einer englischen Färbung zu dekorieren, die ihm schon vor Jahren abhanden gekommen war.
Die Frauen fanden Nat entzückend. Er ließ sich mit Häppchen füttern und Konfetti ins Haar schütten.
Er küßte Hände und schenkte Lachen literweise aus.
Er lockte die Gastgeberin in einen zu schnellen Tanz.
Er ließ bei all dem Thea nicht aus den Augen.
»In einem Jahr weiß ich nicht mehr, wer du warst«, sagte Thea, als sie ablehnte, mit ihm zu tanzen.

»Das stellst du dir zu einfach vor«, sagte Nat.

Als er sich ans Klavier setzte, stand Thea mit einem New Yorker Fotografen zusammen, der ihre Magerkeit lobte und Fotos von noch magereren Frauen aus der Tasche zog.

Thea heuchelte Interesse und lotste ihn in die hellere Diele, doch Nats Spiel folgte ihr.

». . . you want her . . . you need her . . .«

Die leise Stimme dröhnte ihr in den Ohren.

». . . and yet you don't believe her . . .«

Thea ließ den Fotografen stehen und ging zurück.

». . . when she says her love is dead . . .«, sang Nat, ». . . you think she needs you . . .«

Nat klappte den Klavierdeckel zu und sah Thea zufrieden an. Er hatte seine Register gezogen.

Nat hing auf der Haube des alten Jaguars, als Thea das Eis von den Scheiben kratzte.

Thea setzte sich ans Steuer und ließ den Motor an. Sie mußte erst noch mal hupen, bevor Nat sich von der Haube bequemte.

Als er endlich neben ihr in den Sitz sank, roch Thea den Alkohol.

Das Auto sah sie nicht. Als es aufprallte, wußte sie schon, daß alles ihre Schuld war. Sie erinnerte sich nachher auch an das Stopschild und hatte keine Ahnung, warum sie durchgefahren war.

Die blauen Lichter tanzten auf dem eisigen Teer.

Thea blutete an der Stirn und strich mit der Hand darüber und wischte das Blut in ihr Haar hinein.

Sie stand ein paar Schritte neben dem Auto und schaute auf die Lichter am Boden. Dann wurde ihr schlecht.

»Bitte nicht«, sagte Thea und sah die Uhr an, die hinter dem Schreibtisch hing. Es war zwei Uhr nachmittags.
Der Mann hinter dem Schreibtisch drehte sich um.
»Zwei Uhr«, sagte er.
Thea nahm den Blick von der Uhr und guckte auf das Kästchen, das vor der Brust des Mannes baumelte. Er griff danach und hielt es an sein Ohr, als lausche er in ein zu leises Radio.
Am Kittel des Mannes fehlten zwei Knöpfe. Thea konnte das hellgewaschene Jeanshemd sehen, das er trug.
Nat hatte auch so eines.
»Weiß er es schon?« fragte Thea.
»Bitte«, sagte der Mann und hatte Ungeduld in der Stimme, »noch ist nichts endgültig. Wir müssen abwarten.«
»Haben Sie mit ihm gesprochen?«
»Er fragte uns, kaum, daß er aus der Narkose gekommen war.«
Thea zuckte zusammen, als das Kästchen zu piepen anfing. Der Arzt stand auf und ging aus dem Zimmer.

Nat schien es ruhig aufzunehmen, daß er in dieser Nacht die letzten leichten Schritte gemacht haben sollte.
Als Thea ihm die feuchten Haare aus der Stirn strich, zog er die Augenbrauen hoch und schob die Lippen vor.
Er sah aus wie ein trauriges Hündchen.
Thea kannte das Gesicht.

»Wann ziehst du in dein Zimmer?«
»Das Zimmer«, sagte Thea.
»Du läßt es sausen?«
Thea leckte an ihrer Fingerkuppe und tupfte die Konfetti auf, die aus Nats Haar gefallen waren.
»Ja«, sagte sie.
»Du läßt mich nicht hängen?«
»Nein«, sagte sie.
Nat nickte.
Thea stand auf und ging zur Tür.
»Du siehst fast zufrieden aus«, sagte sie.

Es dauerte noch drei Wochen, bis der Arzt sich auf Nats Bett setzte, um Endgültiges zu sagen.
Keine Besserung. Das Blech der Autotür hatte die Nerven zu sehr verletzt. In Höhe des vierten Lendenwirbels.
»Ein niedriger Querschnitt«, sagte der Arzt, als hätte er eine Vergünstigung anzubieten.
»Keinen Katheter«, sagte Nat als erstes.
Thea stand am Fenster, sah in einen leeren Baum und sagte nichts. Sie drehte sich erst um, als sie mit Nat allein war.
»Ich lass' mir keinen Beutel ans Bein kleben«, sagte Nat, »ich krieg das hin mit der Blase. Ist alles ja so niedrig.«
Thea nahm ihren Mantel.
»Brauchst du mich noch?« fragte sie.
»Heute nicht mehr«, sagte Nat, »ich muß nachdenken.«

Keine Kinder, dachte Thea, als sie im Bus saß.
Daß Nat dazu nichts gesagt hatte.

Die Frau auf dem Sitz gegenüber zog ihr zappelndes Kind auf den Schoß. Die Kleine schaffte es noch, an Theas Schienbein zu treten. »Haben Sie gehört?« hatte der Arzt gefragt und Thea angesprochen, als träfe es Thea härter als Nat.

Thea wollte keine Kinder. Nicht mal an ihrem dreißigsten Geburtstag hatte sie an Umkehr gedacht, und wenn das kein Datum war. Thea lachte auf. Die Kleine lachte auch und streckte klebrige Hände nach Thea aus.

Nat wollte Kinder. Seinen Besitz vergrößern, dachte Thea.

Die Kleine faßte an Theas Hosen.

Nächste Woche würde der Fiat da sein.

Thea hatte schon Angst davor.

Für Nat war wieder ein Jaguar bestellt worden.

Der Scheck kam aus London. Von Nats Vater.

Thea fand eine Werkstatt, die den Wagen mit einer Handbedienung ausstattete. Nat hatte das bisher außer acht gelassen und nur nach dem Holz des Armaturenbrettes und nach der Farbe der Ledersitze gefragt. Er fragte auch, wann sein Vater käme. Doch der Scheck erschöpfte dessen Anteilnahme.

Nathaniel Landman der Ältere hielt nichts von den Hoffnungen, die Nat sich machte.

Er hatte seinen Sohn vor dreißig Jahren verlassen.

Louise Landman und Nat waren allein in dem alten Haus in Marylebone geblieben, das schon für drei Menschen zu groß gewesen war.

Nat, der Muttersohn. Die Jahre mit Louise trennten ihn noch von seinem Vater, als Louise längst gestorben war.

Sechsundzwanzig Jahre hatte Nat mit ihr gelebt. Nach ihrem Tod schloß er das Haus in Marylebone ab und kam nur noch einmal zurück. Er war in Theas Schoß gefallen.
Nathaniel Landman. Thea schaute auf das schwere Türschild, das Nat von der Londoner Tür genommen hatte, nachdem das Haus verkauft war. Nicht viel später hatte er es an diese Tür geschraubt. Thea nahm ihre Visitenkarte, von denen sie seit Jahren immer wieder eine hinter das Türschild gesteckt hatte, als sei sie nur auf Besuch. Thea hielt die Karte einen Augenblick lang in der Hand und zerknüllte sie dann.
»Haben Sie gehört«, hatte der Arzt gesagt, und Thea hatte die Schärfe des Tons gehört und sich doch nicht umgedreht.
Sie hatten beide lebenslänglich.

Es war der erste Abend in diesem Jahr, an dem Thea nicht gleich die Lampen anschaltete. Das graurote Licht des Februars fiel durch die Türen, die zu dem Dachgarten führten, und ließ die Möbel ganz langsam ins Dunkel sinken. Das Licht reichte noch, um die Noten auf den Blättern zu erkennen, die lose auf dem Klavier lagen. Nats hastige Köpfe und Hälse, die er hinkrakelte und die oft nach einem Lied klangen.
Die dreißig Kerzen standen noch auf dem Tisch.
Ein Tisch, an dem eine Schar Menschen sitzen konnte.
Thea und Nat am Kopf einer Tafel, an der sonst keiner saß.
Es war keiner dagewesen an ihrem Geburtstag.
Nat hatte die anderen ausgeschlossen. Laß uns allein sein, Thea.

Das war ihnen gelungen im letzten Jahr.
Thea nahm den Feuerhaken und hockte sich vor den Kamin und stocherte in der Asche, die dort lag.
Sie ließ den Feuerhaken in die Asche fallen und stand auf und sah in Louises Augen.
Thea nahm den Silberrahmen vom Kaminsims.
Nats lange schmale Nase. Sein kleiner Mund. Sein dunkles Haar, das sich auch bei Louise zu einem hohen Scheitel teilte.
Nicht seine Augen.
Das Foto hatte Nat an dem Tag aufgenommen, an dem er Thea traf. Die letzte Aufnahme des Films hatte Thea im lila Kleid gegolten. Ihr langes Haar war zu glatt gewesen, um der Rose Halt zu geben, die Nat aus der Hecke pflückte.
Ein Fest bei Freunden.
Theas Freundin Fran. Nats Freund Nigel.
Der Garten eines Hauses am Cadogan Square.
Der Londoner September war warm gewesen.
»I'm the only child of a lonely mother«, hatte Nat gesagt.
Theas Interesse ließ nach, als ob die Nähe der Mutter alles verdarb. Nat versuchte es gutzumachen.
Er leugnete, das Leben mit Louise zu teilen.
Doch Thea ließ sich nicht ein auf ihn.
Im November hatte Nat vor ihrer Tür gestanden und als erstes von Louises Tod gesprochen. Lange Krankheit. Her suffering is over. Thea und Nat hatten dabei auf die Terrazzosteine der kleinen Treppe gesehen, auf der sie immer noch standen.
Thea war so erleichtert gewesen, daß es sie verlegen machte. Dann erst dachte sie daran, ihn einzulassen.

Thea stellte den Silberrahmen mit Louises Foto zurück und ging zu dem Hepplewhite-Tisch, der aus Louises Nachlaß stammte und den Nat zur Bar erklärt hatte.
Thea griff nach der Whiskyflasche und stieß gegen die Puppe, die an einer der Flaschen lehnte.
Nat, die Puppe. Der vierjährige Nat hatte Stunden im Atelier der Puppenmacherin gesessen und stillgehalten.
Louise hatte die Puppe sehr geliebt.

Thea fand den Karton mit den Fotos im Schlafzimmerschrank. Neben dem Karton stapelten sich die Alben aus Nats Kindheit. Thea öffnete die anderen Schränke und schaute nach den tausend Sachen, die Nat zum Notwendigen zählte. Viel zuviel, das sie nach unten stellen mußte. Auf die Augenhöhe eines Kindes.
Thea holte den Zollstock und hielt ihn an die Türen.
Nur in die Kammer kam Nat nicht mehr.
Kaum Hindernisse. Eine Stufe vor dem Haus, die Nat leicht nehmen konnte. Der Aufzug groß genug und zuverlässig.
Louises Geld ließ einen Luxus zu, der ihnen gnädig war.
Thea nahm den Karton mit den Fotos und ging durch die Zimmer und schaltete alle Lampen an.
Dann setzte sie sich vor den Kamin.
Thea im lila Kleid, das ihr von den Schultern fiel.
Den ganzen Nachmittag lang hatte sie daran gezupft und gezogen. Auch in dem Augenblick, in dem Nat den Apparat nahm, hob sie die Hand, um das Kleid hochzuziehen.
Doch etwas hatte ihre Bewegung verlangsamt. Thea stand mit nackten Schultern, als Nat auf den Auflöser drückte.

Thea sah das Foto an und fand Fran im Hintergrund.
Sie hatte Nat ans Telefon gerufen.
It's your mother. It seems to be urgent.
Seiner Mutter sei es immer dringend, hatte Nat gesagt.
Doch er machte ein hastiges Foto.
Dann war er durch den Garten gelaufen.

Nat, der Tapfere, war der Liebling der Krankenschwestern. Er rührte die Herzen. Theas Herz machte ihm Mühe.
Doch als sie am letzten Märztag zu Nat kam, hatte sie einen Haufen Vorsätze im Kopf. Einer davon war, weicher mit ihm zu sein. Nat saß am Ende des Flurs. Am Fenster. Er hatte seine Jeans an, die Thea mitgebracht hatte, und den Sweater mit der Aufschrift eines englischen Colleges, auf dem er nicht gewesen war.
Thea ging zu ihm und gab ihm einen flüchtigen Kuß.
Nat griff nach ihrer Hand und zog sie auf seinen Schoß.
Thea saß still und hatte die alberne Angst, zu schwer zu sein.
»Entspann dich«, sagte Nat.
Thea saß da und konnte kaum atmen.
Als sie aufstand, dachte sie, Nat habe eine Erektion gehabt. Sie wagte nicht, danach zu fragen.
»Laß uns rausgehen«, sagte Nat und machte eine Bewegung zum Fenster hin, »in den Garten da.«
»Mußt du nicht noch was anziehen?« fragte Thea.
»Mir ist warm«, sagte Nat.
Auf dem Linoleum der Flure ging es leicht mit dem Stuhl.
Der Aufzug war leer, und Nat zog einen Kreis.

Er kam sich sehr beweglich vor.
Als sie ins Freie kamen, standen sie vor einer Treppe, die steil nach unten führte. Ein Nebenausgang.
Thea ging ein paar Schritte zurück und schaute sich um, als Nat dem Stuhl einen Schwung gab. Er war schon an der ersten Stufe angekommen, als Thea ihn zurückriß.
»Nur ein Spiel«, sagte Nat.
»Noch einmal, und du darfst allein spielen.«
»Droh mir nicht«, sagte Nat.
Er lachte.
»Dich hält dein schlechtes Gewissen.«
»Du weißt es zu genießen«, sagte Thea.
»Geh doch, wenn dich sonst nichts hält.«
»Das tu' ich«, sagte Thea.
Ihr Ton erschreckte Nat.
»Das tust du nicht«, sagte er, »ich liebe dich.«
»Ich habe dich satt«, sagte Thea, »mehr denn je.«
Nat tat, als höre er das zum erstenmal.
Er krampfte die Finger zu Fäusten und drückte sie gegen die Stirn, als könne er das Schreckliche nicht fassen.
»Ich friere«, sagte er.
Thea schob ihn ins Haus. Als sie in seinem Zimmer ankamen, zitterte Nat und schlug die Zähne aufeinander.
Thea ging auf den Flur und fand einen Arzt, den sie zu ihm schickte. Nats Schluchzen hörte sie noch, als sie schon am Aufzug stand. Sie sah den Arzt aus dem Zimmer kommen und ging zurück.
Thea öffnete die Tür nur einen Spalt.
»Du kannst aufhören«, sagte sie, »ich kenne meine Pflicht.« Dann schloß sie die Tür ganz schnell.

Im April sahen sie sich nicht mehr jeden Tag.
Nat lernte, die Transfers zu machen, wie er es nannte. Er konnte bald ohne Hilfe vom Bett in den Stuhl, vom Stuhl in die Wanne, aufs Klo. Er kam auch wieder allein in die Jeans. Er lernte, ein Auto zu handhaben, und konnte es, als der Jaguar Ende April geliefert wurde.
»Es wird in meinen Papieren stehen«, sagte er zu Thea, »ein unveränderliches Kennzeichen.«
»Vielleicht wird man mal was daran ändern können.«
»Ich mache mir nichts vor«, sagte Nat.

Im Mai nahm Thea eine Geschichte an. Die erste seit Monaten. Sie flog nach London und Los Angeles und nach New York.
Der Friseur in der Kensington Church Street schnitt ihr das kurze Haar noch kürzer, färbte das helle Blond noch blonder. Thea sah nicht mehr aus, als ob sie Nats große Schwester sei. Nicht mal mehr wie dreißig.
In Los Angeles traf sie den Schlagzeuger wieder, mit dem sie ein Jahr zuvor eine Affäre gehabt hatte.
Die Telefonate mit Nat versuchte sie im leichten Ton zu führen. Nat ging nicht darauf ein.
Kurz vor dem Einchecken am Kennedy Airport kehrte Thea um und fuhr noch einmal in die Stadt hinein. Nahm sich ein paar Tage mehr in New York.
Nat war ihr ein drohendes Unheil.

Der Artikel aus der New York Times, den Thea mitgebracht hatte, lag tagelang auf Nats Nachttisch. Er las ihn erst, als Thea ihm das Blatt vor die Nase hielt.

»Mich bringt auch keine Elektrostimulation mehr auf die Beine.«
»Schließ es doch nicht aus«, sagte Thea ungeduldig.
»Schau dir das doch an«, sagte Nat, »Schienen und Schläuche und ich weiß nicht was. Der aufrechte Gang wird überbewertet. Da ist die Lösung, mit der ich lebe, die elegantere Form.«
»Du klebst ja an dem verdammten Rollstuhl.«
Nat sah den Galgen an, der über dem Bett hing.
»Der Arzt will was von dir«, sagte er.
Thea nahm die Zeitung und betrachtete das Bild.
»Vielleicht hast du ja recht«, sagte sie.

»Ihr Freund scheint Tischtennis nicht zu schätzen«, sagte der Arzt, »er hat den Schläger durch die Glastür gestoßen.«
»Er ist sportlich«, sagte Thea, »nicht gerade Tischtennis.«
»Er soll schwimmen«, sagte der Arzt, »und Volleyball spielen.«
»Er fährt gern Skateboard«, sagte Thea.
Der Arzt verzog das Gesicht.
»Vielleicht liegt es doch an Ihnen«, sagte er, »vielleicht versuchen Sie noch zu verdrängen.«
Thea sah ihn überrascht an.
»Hat er das gesagt?« fragte sie.
»Geben Sie ihm Kraft«, sagte der Arzt, »eine große Aufgabe.«
Auf dem Weg nach Hause dachte Thea, daß Nat die Situation genoß. Er hatte kapiert, daß er sie total unbeweglich machen konnte.

Der 12. Juni war Nats Geburtstag.
Er wollte ihn nicht in der Klinik verbringen.
Thea schlug einen Ausflug vor.
Sie brachte ihm Champagner und eine Torte.
Nat pustete die 33 Kerzen, die Thea in den Zuckerguß gesteckt hatte, in einem Zug aus.
Sie nahmen den Jaguar. Nat fuhr gut und sicher.
Thea sah ihn an und dachte, die letzten Monate geträumt zu haben.
»Laß uns laufen.«
Thea hörte ihren Worten nach. Sie hatte es nicht laut sagen wollen.
Nat nickte und bog in die Straße ein, die zu dem Januar-Strand führte.
»Hältst du das für eine gute Idee?« fragte Thea.
»Vielleicht sind noch unsere Fußstapfen zu sehen.«
Nat hielt nah am Strand, und Thea stieg aus und holte den Stuhl aus dem Kofferraum und stellte ihn auf. Sie sah seinem Ausstieg zu.
»Halte dich nur zurück«, sagte Nat.
»Du kannst es allein«, sagte Thea.
Der Strand war leer. Wenigstens würde der Spaziergang keine Zuschauer haben.
»Ich muß es auch erst lernen«, sagte Thea, als sie durch den Sand zu kommen versuchte.
Nat legte den Kopf in den Nacken und sah sie an.
»Das Leben liegt vor uns«, sagte er.

In dem Gasthaus hatten sie oft gegessen. Thea war dankbar, daß sich keiner zu erinnern schien.

Nat wollte Sherry. Nat wollte Wein.
»Laß uns nicht trinken«, sagte Thea, »das Auto steht draußen.«
»Ich fahre ja«, sagte Nat, »und ich übersehe keine Stopschilder, nicht mal betrunken.«
»Ich warte schon lange darauf, daß du das sagst.«
»Ich mache dir keinen Vorwurf«, sagte Nat.
»Ich werde Buße tun«, sagte Thea.
Sie tranken den Sherry zu schnell, und er stieg ihnen in den Kopf, und Thea schob Nat den Korb mit dem Brot hin.
»Ich habe einen Brief von deiner Mutter bekommen«, sagte Nat.
Thea nickte. Gloria hatte ihr den Brief in einem Telefonat angekündigt, als handele es sich um eine großzügige Schenkung.
»Was schreibt sie?«
»Daß du gut zu mir sein sollst. Sie zweifelt, ob ihre einzige Tochter weiß, wie man einen Mann verwöhnt.«
Das Kind ist ein Kuckucksei, hatte Gloria zu Nat gesagt, als Thea ihn vorstellte, und dabei nicht einen Augenblick lang daran gedacht, daß Thea auf ihren Vater kam.
»Gloria weiß das«, sagte Thea, »sie ist groß im Verwöhnen. Darum sterben die Männer an ihrer Seite so rasch.«
»Der Mailänder hat doch lange gelebt.«
»Zweiundsiebzig Jahre ohne und zwei Jahre mit Gloria.«
»Du siehst sie zu streng«, sagte Nat.
»Nein«, sagte Thea.
Nat nahm einen Schluck von dem Wein.
»Sie lädt uns ein«, sagte er, »ein paar Tage Como.«
»Ein paar Tage Gloria«, sagte Thea, »das fehlte mir.«

Sie hatte das Haus ihrer Mutter mit achtzehn verlassen und kehrte sowenig wie möglich dort ein. Ganz egal, wo Glorias Haus war.
»Laß uns anstoßen«, sagte Nat.
»Kann ich den Brief lesen?«
»Er liegt in der Nachttischschublade.«
Der Fisch kam auf den Tisch, und Nat zerlegte ihn mit ein paar geschickten Griffen.
»Das machst du gut.«
»Ich lege meine Grazie jetzt in die Hände.«
»Wo war sie vorher?«
»Ich war kein schlechter Tänzer«, sagte Nat.
»Nein«, sagte Thea. Das Fest fiel ihr ein. Das rote Gesicht der Gastgeberin, die in Nats Armen lag.
»Ich habe auch einen Brief von der Verlegerin bekommen.«
»Liest du meine Gedanken?«
»Nein«, sagte Nat, »du sollst auch was Eigenes haben.«
»Schreibt sie von dem Amerikaner?«
»Ich soll sein nächstes Buch übersetzen.«
»Na wunderbar.«
»Ich weiß noch nicht, ob ich zusage.«
»Du warst doch ganz wild darauf, den Amerikaner zu übersetzen.«
»Nein«, sagte Nat, »du warst wild darauf, daß ich das tue.«
Er legte seine Gabel hin.
»Ich kann die Pedale nicht mehr treten.«
Thea sah aus, als habe sie die ganze Zeit schon befürchtet, daß Nat darauf käme.

»Die ganze Technik ist für die Katz.«
»Du gibst ja keine Konzerte«, sagte Thea.
Nat schob seinen Teller weg.
»Ich hoffe, daß du deine Einfühlsamkeit noch steigern kannst«, sagte er.

Thea las Glorias Brief und lachte.
»Ich habe Leute schon froher lachen hören«, sagte Nat.
»Nimm es als Trost«, las Thea laut, »nimm es als Trost, lieber Nat, daß die Frauen dich noch mehr lieben werden.«
»Ich kenne den Brief«, sagte Nat.
»Fahr zu Gloria. Laß dich auf die Terrasse schieben und dir eine Decke über die Beine legen. Hilflose Männer machen Gloria mütterlich. Solange sie gut aussehen und es nicht übertreiben mit der Hilflosigkeit. Fahr nach Como. Du kannst auf den See gucken und die Martinis trinken, die sie dir bringt. Gloria ist bekannt für ihre Martinis.«
»Ich bleibe bei Scotch«, sagte Nat.
Thea hörte nicht hin.
»Denke ich an meine Mutter, dann sehe ich sie in einem Rührglas rühren. Sie hat mal einen Mann fallenlassen, nur weil er die Martinis schüttelte. Rührt und lächelt ihrem Spiegelbild zu. Gloria stand immer vor dem Spiegel, wenn sie Martinis machte. Ziemlich blind war er.«
Nat nahm ihr den Brief aus der Hand.
»Erstaunlich, welch einen Redefluß Gloria bei dir auslöst.«
»Wie lange bist du noch hier?« fragte Thea.
»Den Juli noch«, sagte er.

Der August war viel zu kühl. Am Abend von Nats Heimkehr machte Thea ein Feuer im Kamin.
Nat war den ganzen Tag still gewesen.
Er sah seine Wohnung und fand sie geteilt.
Eine für Thea, die stand, und eine für ihn, der saß.
Er fror vor dem Feuer, und als Thea ihm noch einen Pullover brachte, zog er ihn über den anderen und fror weiter.
Er aß nichts von dem, was Thea auf den Tisch stellte.
»Ich dulde nicht, daß du Nahrung nur noch in Form von Whisky zu dir nimmst«, sagte Thea.
»Ich werde schon nicht zum Trinker werden«, sagte Nat.
Thea hatte Angst davor gehabt, neben Nat zu liegen.
Sie waren lange wach und sagten kein Wort.
Der Regen schlug an die Scheiben, und Thea stand auf und schloß das Fenster fester. Der Galgen, den sie über Nats Bettseite befestigt hatte, schwankte noch nach.
»Er hängt zu tief«, sagte Nat.
»Du kommst sonst nicht dran.«
»Ich brauche ihn nicht.«
Nat drehte sich zu ihr um.
»Was haben wir noch an Requisiten?«
»Du weißt doch, was auf der Liste stand.«
»Auf das eine oder andere werde ich verzichten können«, sagte Nat, »nur Scheuklappen brauche ich dringend.«

»Ich hasse es, nicht mehr auf Augenhöhe mit den anderen zu sein«, sagte Nat, als sie von ihrem ersten Einkauf kamen, »die Leute sprechen nur noch dich an.«
»Das sind nur die Anfangsschwierigkeiten«, sagte Thea.
»Auf was habe ich mich eingelassen«, sagte Nat.

Er gab ihr die Tüten, die er auf dem Schoß gehabt hatte. »Tu mir einen Gefallen, und häng nie ein Netz an die Lehne.«
»Schade«, sagte Thea, »ich denke schon seit Tagen daran.«
Die Putzfrau schimpfte, weil die Reifen des Stuhl in den Teppich drückten. Sie saugte und wischte und behauptete, die doppelte Arbeit zu haben, seit Nat wieder da war.
»Ich werde mich nach einer anderen Putzfrau umsehen«, sagte Thea, »einer feinfühlenden.«
»Vielleicht solltest du dich nach einem anderen Mann umsehen.«
»Muß ich nicht bleiben, bis daß der Tod uns scheidet?«
»Doch«, sagte Nat, »das mußt du.«
»Du nimmst auch immer den Weg durch die Pfützen.«
»Laß uns nicht mehr rausgehen, wenn es regnet.«
»Ich kaufe eine Eisenkugel, die ich mir ans Bein binde.«
»Ich schenke dir eine zu Weihnachten«, sagte Nat.

Thea gab nach und ließ die Bücher stehen, wo sie waren. Nat versprach, die schweren Bände nicht mehr mit der Feuerzange herunterzuholen. Die paar, die er für die Übersetzungen brauchte, lagen schon auf seinem Schreibtisch.
Doch Nat zeigte nicht viel Lust, mit der Arbeit anzufangen. Für das Buch des Amerikaners hatte ein anderer den Auftrag bekommen. Nat hatte zu lange gezögert mit der Zusage. Die anderen Manuskripte lockten ihn noch weniger.
»Ich brauche das Geld nicht«, sagte er.

»Ich kann nicht mit einem Mann leben, der nur rumsitzt.«
»Genau damit mußt du dich abfinden.«
»Und der Einkommensnachweis, den sie von dir wollen?«
»Du kannst ihnen ein paar Unterlagen kopieren, die Aufschluß über mein Vermögen geben. Die deutschen Behörden brauchen keine Angst zu haben, daß ich zum Sozialfall werde.«
»Du bist nicht Getty.«
»Nein«, sagte Nat, »aber ich komme aus.«
»Der Verlag hat neue Manuskripte für dich. Der Lektor will kommen und sie dir bringen.«
»Nicht der Lektor«, sagte Nat, »der trieft vor Anteilnahme und hängt dabei nur an dir herum.«
»Dann hole ich die Sachen.«
»Nein«, sagte Nat, »dann habe ich gar keine Kontrolle.«
»An mir herumhängen«, sagte Thea, »was willst du damit sagen?«
»Du schließt dich zu leicht anderen Menschen an«, sagte Nat, »ich muß dich davor schützen.«

Als Theas Chefredakteur anrief und ihr die Geschichte in New York anbot, saß Nat am Klavier.
»Hör mir mal zu«, sagte Thea, nachdem sie aufgelegt hatte.
». . . changing my life with a wave of her hand«, sang Nat.
»Ich muß dir was sagen.«
»Nobody can deny. . .«
»Nat«, sagte Thea.
». . . that there's something there. I want her ev'rywhere and if she's beside me . . .«

»Ich fahre nach New York.«
»I know I need never care«, sagte Nat, »da warst du doch gerade.«
»Das ist ein halbes Jahr her.«
»Wann fährst du?«
»Morgen schon. Mein Visum ist ja noch gültig.«
»Für wie lange?« fragte Nat.
»Zehn Tage.«
»The fool – on the hill – sees the sun – going down . . .«
»Sei nicht albern. Zwei Wochen sind schnell vorbei.«
»Zehn Tage«, sagte Nat, »und nicht eine Minute länger. Ist es ein Popmusiker?«
»Du magst doch Popmusik. Du mochtest sie noch nicht mal unterbrechen, als ich dir was sagen wollte.«
»Du bist ja ganz ungeduldig. Ich bete, daß er nicht dein Typ ist.«
»Er ist über siebzig.«
»Ein Dirigent.«
»Wie kommst du darauf?«
»Die sind über siebzig«, sagte Nat.
»Brubeck«, sagte Thea, »ich interviewe Brubeck.«
»Ja«, sagte Nat, »ich glaube, der ist so alt.«
»Dann kannst du doch beruhigt sein. Du weißt doch, daß ich nur für Kindmänner schwärme.«
»Zehn Tage für ein Interview?«
»Ein Tourneebericht.«
»Es ist nicht Brubeck«, sagte Nat.
»Nein«, sagte Thea, »ein Sänger, der aussieht wie du, wenn nicht gerade Verfolgungswahn dein Gesicht verzerrt.«

»Tom Levine?«
»Er scheint dir tatsächlich ähnlich zu sehen.«
»O Gott«, sagte Nat.
»Hör auf mit dem Geseufze. Er hängt nicht an mir herum.«
»Wir haben seit zehn Monaten nicht mehr miteinander geschlafen.«
»Nein«, sagte Thea.
»Laß es uns versuchen.«
»Nein«, sagte Thea.
»Ich kann es.«
»Nein.«
»Warte ab.«
»Ja«, sagte Thea, »wenn ich wiederkomme.«

Thea lag noch in der Wanne, als Nat ins Bad kam.
»Ich dachte, du schläfst schon«, sagte sie.
»Deine Kleider liegen auf dem Bett.«
»Du hättest sie doch wegnehmen können.«
»Das Schwarze aus Florenz nimmst du auch mit. Ich habe es dir gekauft.«
»Ich erinnere mich«, sagte Thea.
»Wir waren betrunken. Es ist viel zu weit ausgeschnitten.«
»In New York darf man so was anziehen.«
»Hilfst du mir nachher mit dem Ausziehen?«
Thea tauchte so hastig aus dem Wasser auf, daß es über den Rand der Wanne schwappte.
»Ich habe dir noch nie dabei geholfen.«
»Meine Arme sind bleischwer.«

»Du hast eine nette kleine Lähmung, die hüftabwärts geht.«
»Vielleicht kriege ich eine Grippe.«
»Ich werde morgen eine Hilfe für dich organisieren. Ich fliege ja erst nachmittags.«
»Ich komme allein klar. Ich habe sechs Monate damit verbracht, das zu lernen.«
»Das dachte ich auch.«
». . . and if she's beside me«, sagte Nat.
»Verdammt noch mal. Ich bin nur zwei Wochen weg.«
»Ich habe Angst davor.«
»Die Posnack kommt. Sie kauft ein und kocht für dich.«
»Du mußt ihr eine Menge Geld geboten haben«, sagte Nat, »sie kann mich nicht ausstehen.«
»Sie mag dich sehr, solange du keine Streifen auf dem Teppich hinterläßt.«
»Ich werde mich nicht von der Stelle rühren. Das schont den Teppich.«
»Zieh dich aus«, sagte Thea, »ich engagiere sonst einen Pfleger, der dich morgens aus dem Bett hebt und abends hineinpackt, und zwar jeweils um sechs.«
Nat zog die Stirn kraus und rollte die Augen.
»Du bist ein Provinzdarsteller«, sagte Thea.
»Nathan der Weise«, sagte Nat und sah in den Spiegel.
Thea stieg aus der Wanne.
»Provinzdarsteller«, sagte Nat.
Thea sah sein Gesicht im Spiegel. Er grinste.
Als Thea in das dunkle Schlafzimmer kam, stolperte sie über Nats Hose, die auf dem Boden lag. Das Hemd hing am Spiegel ihres Schminktisches.

Thea schlug die Decke zurück und legte sich ins Bett.
Nat rückte so nah an den Rand, daß er fast hinausgefallen wäre.

Nat fuhr Thea zum Flughafen.
Thea schaute in den tiefblauen Himmel, den der erste Novembertag gebracht hatte, und war so erleichtert, daß sie zu singen anfing.
»Es zerreißt mir das Herz, zu hören, wie froh du bist, bald fern von mir zu sein«, sagte Nat.
»Ich brauche nur eine kleine Abwechslung.«
Sie gaben den Koffer auf, und Nat kam mit bis zur Kontrolle.
»Vergiß nicht, daß ich dich liebe«, sagte er, als Thea durch die Sperre ging.
»Ich vergesse nicht, daß ich den Wagen gefahren habe«, sagte Thea.
Als die Maschine abhob, war sie glücklich.

Thea trat auf den kleinen schwarzen Gummiball, der in den Boden eingelassen war. Das Wasser begann zu laufen. Sie wusch den Seifenschaum von ihren Händen und sah in den Spiegel. Ihr Gesicht war noch schmaler geworden, die Wangen waren hohl, und die Schatten hatten schon das Lila der Augen.
Scotch, dachte sie, ich sollte Scotch trinken, das macht frische Farben, und Levine holt nicht gleich die Ambulanz.
Am Duty-free zögerte sie, eine Flasche zu kaufen.
Der Laden war voll. Jeder schien an diesem Tag in Kopenhagen angekommen zu sein.

Die Prohibition ist seit mehr als fünfzig Jahren aufgehoben, dachte Thea, es wird genug Whisky geben in Amerika.
»Mrs. Thea Friedberg. Mrs. Thea Friedberg«, sagte der Lautsprecher, »Passenger to New York. Passenger to New York.«
»Frau Friedberg?« fragte das Mädchen am Schalter. »Ich habe eine Telefonnummer. Ihr Mann hat einen Unfall gehabt.«

Die Treppe. Sie führte in die Abfertigungshalle der Chartergesellschaften. Was hatte Nat in der Charterhalle gewollt? Er war darauf zugesteuert, als gäbe es keine Treppe, und kopfüber aus dem Stuhl gefallen und bewußtlos gewesen. Kurz genug, um noch zeitig mitteilen zu können, an welchem Flughafen Theas Maschine zwischenlanden würde.
»Eine Gehirnerschütterung«, sagte der Arzt, »er hat großes Glück gehabt. Hätte schlimmer ausgehen können. Erstaunlich, daß er sich so gut abgefangen hat, bei der Behinderung.«
»Ich habe deine Reise kaputtgemacht«, sagte Nat, »ich hoffe nur, daß du mir nicht böse bist.«
»Nein«, sagte Thea, »ich kann dich nur nicht mehr ertragen.«
In Kopenhagen hatte sie geglaubt, Nat läge auf den Tod danieder. Thea fühlte sich zu ausgetrickst, um sich an die Angst zu erinnern, die sie in dem Augenblick gehabt hatte.
Sie dachte nur an den Termin, der geplatzt war.

Nat stand an der Tür, als Thea kam, um ihn aus dem Krankenhaus zu holen. Er hatte die zehn Tage ohne sie nur schlecht ertragen.

»Der Aufzug ist kaputt«, sagte Nat.

»Nimmst du noch mal die Treppe?«

»Fast wäre es gutgegangen.«

»Was wäre gutgegangen?« fragte Thea und ahnte es schon.

»Der Sturz«, sagte Nat.

»Erzähl mir nicht, daß du dich umbringen wolltest.«

»Dann hättest du es hinter dir gehabt.«

»Du bist sehr fürsorglich«, sagte Thea, »fast wäre es schiefgegangen, und du lägst da mit gebrochenem Halswirbel, und ich dürfte dich alle dreißig Minuten in deinem Bett umdrehen.«

»Du bist hart geworden«, sagte Nat.

»Es gibt noch einen anderen Aufzug«, sagte Thea.

»Ein netter Nikolaus.«

Thea trug die Tüten in die Küche und begann auszupakken.

»Zieh doch erst mal deinen Mantel aus«, sagte Nat.

Thea drückte ihm eine Flasche Islay Malt in die Hand.

»Haben wir was zu feiern?«

»Es soll eine Sauferei am offenen Grab werden. Ich habe heute eine Kündigung bekommen.«

»Du hast doch einen Vertrag für sechs Geschichten im Jahr.«

»Den habe ich jetzt nicht mehr.«

»Was paßt ihnen nicht?«

»Daß ich die sechs Geschichten nicht geschrieben habe. Daß ich Termine in letzter Minute platzen lasse.«

»Es sind besondere Umstände«, sagte Nat.

»Ja«, sagte Thea.

»Ich habe genug Geld für uns beide.«

»Das ist es nicht, ich kann hier nicht versauern.«

»Laß uns verreisen.«

»Hat Gloria noch mal geschrieben? Der Comer See im Winter wäre ganz gut gezielt für zwei Rentner, wie wir es sind.«

»Ich dachte an New York«, sagte Nat, »oder an London.«

»Nein«, sagte Thea, »mein letzter Versuch, nach New York zu kommen, ist mir noch in zu naher Erinnerung.«

Nat nahm einen Schluck von dem Whisky und schaute in das Feuer, das schlecht brannte.

»Was hat dein Chef nun gesagt?«

»Daß ich frei für ihn arbeiten könnte. Ohne die Last eines Vertrages. Dann könnte ich mich mehr der Pflege meines Lebensgefährten widmen.«

»Er ist gemein«, sagte Nat.

»Nein«, sagte Thea.

Nat nahm den Blasebalg, der neben dem Kamin lag.

»Das Feuer kümmert schon den ganzen Tag«, sagte er, »das Holz ist einfach nicht trocken genug.«

Thea sah auf den Blasebalg.

»Wo hast du den her?« fragte sie.

»Er lag in der Schuhkammer, auf dem Boden. Am Kamin habe ich ihn ja vergeblich gesucht.«

»Er lag in der Schuhkammer, und zwar oben im Regal, und Frau Posnack war heute nicht da.«

»Vielleicht lag er gestern da«, sagte Nat.
»Heute, ich habe ihn noch in der Hand gehabt, als ich die Stiefel herunterholte. Ich habe ihn liegenlassen, weil der Kleber noch nicht trocken war.«
»Das Leder ist auch schon wieder gerissen, du hast es nicht sehr sorgfältig geklebt.«
»Ich habe ihn extra nach oben gelegt, damit du ihn nicht vorzeitig auseinanderreißt.«
»Ich komme nicht ans obere Regal«, sagte Nat.
»Ja«, sagte Thea.
»Was glaubst du?« fragte Nat. »Daß ich ihn mir von da oben geholt habe?«
»Alles deutet darauf hin.«
»Der Blasebalg lag auf dem Boden«, sagte Nat und hatte Not, nicht loszuheulen, »glaubst du, daß ich aufspringe, sobald du aus dem Haus bist, und ›ach wie gut, daß niemand weiß‹ singe?«
»Beruhige dich, vielleicht habe ich ihn ja an die Kante geschoben, als ich die Stiefel herunternahm, und nachher ist er dann auf den Boden gefallen.«
»Sag das doch gleich«, sagte Nat.

»Soll ich den Zweig in den Türrahmen hängen?«
Thea ließ den Löffel fallen. Das Kaffeepulver, das sie gerade in den Einsatz der Espressomaschine füllen wollte, lag unter dem Gitter des Gasherdes.
Thea ging in die Diele. Nat saß da und hielt den Hammer und einen Nagel in den Händen.
»Was soll das?« fragte Thea.
»Das macht man doch mit einem Mistelzweig.«

»Ich wollte ihn in eine Vase stellen.«
»Kannst du nicht machen.«
»Die Tür ist drei Meter hoch.«
»Höchstens zwei Meter zwanzig«, sagte Nat.
»Du hängst ihn auf?«
»Ich steige auf einen Stuhl und schlage den Nagel ein. Ich habe ja auch den Blasebalg heruntergeholt.«
»Hör schon auf. Wir haben ja eine Erklärung gefunden.«
»Aber du glaubst nicht daran.«
»Doch«, sagte Thea.
»Dann häng du den Zweig auf. Du mußt mich darunter küssen.«
»Nein«, sagte Thea.
»Hast du was gegen englische Bräuche?«
»Ich muß dich unter keiner Mistel küssen. Du klebst eh an mir.«
»Häng ihn auf«, sagte Nat.
»Nach dem Frühstück«, sagte Thea.
Sie ging in die Küche zurück, nahm den Löffel und tauchte ihn noch einmal in die Dose mit dem Kaffeepulver ein.

Der Kaffee kochte und dampfte und stieg laut und vernehmlich in den oberen Teil der Kanne. Thea nahm die Kanne vom Herd und ging zum Tisch hinüber.
»Das Marmite fehlt noch«, sagte Nat.
»Warum holst du es nicht?«
»Es steht ganz oben im Schrank. Ich kann es nur knapp erkennen.«
»Man muß Engländer sein, um Hefekleister zu mögen«, sagte Thea, als sie das Glas aus dem Schrank holte.

»Es geht nicht um mögen.«
»Sondern?«
»Es ist vernünftig«, sagte Nat, »meine Mutter liebte Marmite.«
»Und du?«
»Ham and eggs hätte ich lieber gehabt.«
»Kannst du kriegen«, sagte Thea.
»Ich verkneife es mir schon mein Leben lang. Ich fange nun nicht mehr an, Schweine zu essen.«
»Deine Mutter könnte auch nicht länger glücklich sein im Himmel.«
»Vielleicht ist sie ganz woanders«, sagte Nat, »und außerdem ist sie schon im Gram über mich gestorben.«
Thea setzte die Kanne ab.
»Ein ganz neuer Aspekt, laß mich hören.«
»Nein«, sagte Nat, »gieß lieber den Kaffee ein.«
Thea nahm Nats Tasse.
»Der Deckel sitzt nicht drauf«, sagte Nat.
Thea legte den Daumen auf den Deckel.
»Du hältst die Kanne nicht gerade.«
»Gieß selber ein«, sagte Thea und wollte ihm die Kanne in die Hand drücken, als der Deckel aufklappte.
»No!« schrie Nat.
»Hast du was abgekriegt?«
Nat stöhnte.
»Laß mich sehen«, sagte Thea.
Nat hob die Arme. Die Hemdärmel hatten dunkle Flekken.
»Das meiste ist auf deiner Hose.«
Nat atmete tief durch.

»You are a bloody bitch, my love«, sagte er.
»Im Schmerz ist einem die Muttersprache doch am nächsten«, sagte Thea, als sie ihm half, die Hose auszuziehen.
»Das heilt nie«, sagte Nat.
»Du guckst doch gar nicht hin.«
Thea trocknete ihn mit den Servietten, die auf dem Tisch lagen.
»Noch ist nichts zu sehen«, sagte sie.
Nat schaute an sich hinunter.
»Ein Glück, daß ich die dicke Cordhose anhatte«, sagte er.

Nat nahm den Schal und das Jackett vom Haken.
»Im Kindergarten hingen die Haken auf der gleichen Höhe«, sagte er.
Thea stand am Küchentisch und schnürte Zeitungen zusammen.
»Ich dachte, du hattest eine Nanny und durftest nur zu Hause spielen, damit du keine Kratzer kriegtest.«
»Nur in den ersten Jahren. Dann klärte mich Mimi auf, daß es außer mir noch andere Kinder gab, und ich drängte darauf, zu ihnen zu dürfen.«
»Habe ich schon von Mimi gehört?« fragte Thea.
»Mimi hieß das Mädchen«, sagte Nat, »willst du deinen Mantel?«
»Ich nehme ihn mir nachher. Zieh du noch den Trench an.«
Nat zupfte an Theas Mantel und zog eine zusammengelegte Zeitungsseite aus der Tasche. Möblierte Zimmer. Zwei hatten Kreuze.
»Nein«, sagte Nat, »so kalt ist es noch nicht. Kommst du?«

Thea kam in die Diele und legte Nat einen Packen Zeitungen auf den Schoß.
»Den Haken hast du angebracht«, sagte sie.
»Die Zeitungen nehme ich nicht«, sagte Nat.
»Nur bis zum Auto. Ich habe auch noch zwei Packen.«
»Deine verdammte Makulatur. Du solltest zehn von deinen zwanzig Abonnements kündigen.«
»Acht«, sagte Thea, »mein Kontakt zur Außenwelt. Dich stört es doch sonst nicht, was auf dem Schoß zu haben.«
»Schone mich. Deine morgendliche Einlage genügt mir.«
»Tut es weh?« fragte Thea.
»Nein«, sagte Nat, »wie sollte es auch.«
»Dir ist auch nichts passiert«, sagte Thea.
»Du hättest den kochenden Kaffee in der Kanne lassen können.«
»Ich habe es nicht mit Absicht getan.«
»Doch«, sagte Nat, »Thea testet, ob Nat nicht nur so tut, und zieht ihm dafür die Haut von den Beinen. Vielleicht zuckt er.«
»Deine Beine sehen bestens aus. Zu bestens.«
»Ich bin eine Begabung im passiven Bewegen«, sagte Nat, »die Therapeutin war begeistert von mir.«
Thea nahm ihren Mantel und zog ihn an. Sie steckte die Hände in die Taschen und holte aus der einen den Autoschlüssel. Sie ging in die Küche zurück und kam wieder in die Diele und schaute auf die Zeitungen, die Nat auf den Boden gelegt hatte.
»In der Manteltasche. Die Anzeigen waren in der Manteltasche.«
»Du hast sie herausgenommen?« fragte Thea.

Nat griff in die Tasche seiner dicken Glencheckjacke und holte das zerknüllte Zeitungspapier hervor.
»Du nimmst dir kein Zimmer.«
Thea schob ihren Zeigefinger durch den Schlüsselring und hielt ihren Finger hoch, als prüfe sie, wie ihr der Ring stehe.
»Irgendwann werde ich einfach abhauen«, sagte sie, »ohne ein Zimmer in deiner Nähe.«
»Abzischen«, sagte Nat, »das war das Wort.«
Er nahm den Zeitungspacken auf und legte ihn sich auf den Schoß.
»Ich werde deine Spur aufnehmen«, sagte er, »dir von Stadt zu Stadt folgen. Irgendwann wirst du schon müde werden.«

Kurz vor Weihnachten kam der Schnee. Der Himmel hing grau und schwer und wurde nicht heller, als er leergeschneit war. Die Temperatur sank, und der Schnee eiste ein und schien ewiger Teil der Landschaft werden zu wollen.
Thea holte auf Nats Geheiß die Skier aus der Kammer. Alte Langlaufskier, auf denen er schon als Dreizehnjähriger gestanden hatte. Ihr Hickoryholz knackte im Kamin, und Nat lachte, als sich die Spitzen im Feuer hoben. Thea nahm Nat die Streichhölzer aus der Hand und hielt ihm das Whiskyglas hin.
Nat haßte den Schnee. Er geriet in die eisglatten Fahrspuren der Autos und blieb in den Schneehaufen stecken, die an den Gehsteigen lagen. Er vermißte ständig einen der Handschuhe und klebte mit den Händen am kalten Stahl

der Greifreifen. Er kam steifgefroren nach Hause und hustete und hatte einen heißen Kopf.
»Ich staune über deinen Kampf mit den Naturgewalten. Was machst du eigentlich da draußen.«
»Ein letztes Aufbäumen, aber ich gebe auf. Du mußt morgen den Baum holen.«
»Ich kaufe ihn irgendwo in der Stadt«, sagte Thea.
»Nein«, sagte Nat, »du holst ihn vom Gut. Ich habe ihn jedes Jahr von da geholt.«
»Ich mag die Fahrerei nicht«, sagte Thea.
Nat nahm ein paar Scheite vom Stapel neben dem Kamin.
»Die Skier sind ganz aufgebrannt«, sagte er.

Thea hatte Mühe, den Fiat auf der Straße zu halten. Die Tanne lag mehr auf der Motorhaube als auf dem Dach. Die dünnen Bänder hielten den Baum nicht. Das Seil hatte nicht im Kofferraum gelegen. Sie hätte nachsehen sollen, statt sich auf Nat zu verlassen.
Als Thea in ihre Straße fuhr, war es schon dunkel.
Thea parkte hinter dem Jaguar ein und sah, daß er voller Schlamm war.
Nat öffnete die Tür, als Thea die Treppe hochkam, die Tanne im Schlepptau.
»Du hast ja den ganzen Tag gebraucht. Ich habe mir Sorgen gemacht.«
»Du hast mich doch da rausgejagt«, sagte Thea.
»Ich habe das immer in drei Stunden geschafft. Eine hin, eine für den Baum und eine zurück.«
»Dir hat ja auch nicht der Baum auf der Scheibe gehangen. Du hattest ein schönes dickes Seil.«

»Tut mir leid mit dem Seil«, sagte Nat, »ich hatte gedacht, daß es im Kofferraum ist, doch es liegt auf der Terrasse. Ich habe es eben beim Kehren entdeckt.«

»Du hast gekehrt?«

»Ich dachte, du stellst den Baum dahin und trägst den Schnee herein.«

»Du denkst richtig mit«, sagte Thea, »geht das gut mit dem Kehren?«

»Andere machen das mit mehr Effizienz.«

»Vielleicht hattest du ja was anderes vor mit dem Seil.«

»Ein guter Baum«, sagte Nat, »trägst du ihn nach draußen?«

»Für deine Rallye. Dein Wagen sieht nach Paris–Dakar aus.«

»Ach so«, sagte Nat, »ich mußte noch mal in die Stadt.«

»Dann hast du ein ganz schönes Tempo gehabt in der Stadt.«

»Das ist der Sand. Die haben ja überall gestreut.«

»Hast du die Kugel gekriegt?«

»Welche Kugel?« fragte Nat.

»Die ich mir ans Bein binde.«

»Von Kugel am Bein kann keine Rede sein. Du warst den ganzen Tag weg. Ich möchte wirklich wissen, wo du gewesen bist.«

Thea nahm den Baum und trug ihn auf die Terrasse.

»Ich habe doch Tee gemacht«, rief Nat.

»Na und?« fragte Thea, als sie hereinkam.

»Laß uns Frieden haben«, sagte Nat.

Thea saß schon auf dem Sofa, als Nat mit dem Tablett kam.

»Die Kanne konnte ich nicht auch noch nehmen«, sagte er.
Thea stand auf und holte die Teekanne aus der Küche. Nat hatte das Tablett auf den kleinen Tisch neben dem Sofa gestellt.
»Kann ich zu dir aufs Sofa?«
»Seit wann fragst du?«
»Seit du aufstehst, sobald ich mich anschicke, mit dir auf dem Sofa zu sitzen.«
»Mach schon«, sagte Thea.
Sie nahm die silberne Zange, die auf dem Tablett lag, und fing an, die braunen Zuckerstücke aufzuzwicken. Sie hatte zu viele in die Tassen getan, als Nat auf dem Sofa saß. Thea goß den Tee trotzdem ein.
»Willst du mir was sagen?«
»Wie kommst du darauf?« fragte Nat.
»Du machst es heute so spannend mit dem Tee.«
»Setz dich«, sagte er und rührte in seiner Tasse.
»Also?« fragte Thea.
»Ich möchte, daß du morgen mit mir in eine deiner Kirchen gehst.«
»Was willst du in einer katholischen Kirche, Nathaniel Landman?«
»Weihrauch riechen. Ich will Weihnachten schön machen.«
»Willst du konvertieren?«
»Es genügt, daß ich mit einer Schickse lebe.«
»Denk an Theodor Friedberg, der mich gezeugt hat.«
»Das hilft nicht«, sagte Nat, »deine Mutter ist katholisch.«
»Ich bin nicht mal getauft.«

»Und hängst trotzdem dran«, sagte Nat, »der Tee ist heute aber süß.«
»Hast du noch was auf dem Herzen?« fragte Thea.
»Ich möchte, daß du mich heiratest«, sagte Nat.
»Im Dom oder in der Synagoge.«
»Auf dem Standesamt«, sagte Nat.
»Dann bin ich dir sicher?«
»Bei deinem Pflichtgefühl plus amtlicher Bescheinigung.«
»Du überschätzt meine bürgerlichen Qualitäten.«
»Nein«, sagte Nat, »du kannst nicht aus deinem Korsett. Das hast du vom Vater deines Vaters. Der hat doch nicht mal vor dem KZ kehrtgemacht.«
»Er hätte nicht entkommen können.«
»Das hast du mir schon anders erzählt.«
»Er konnte doch nicht die Familie im Stich lassen«, sagte Thea.
»Und du kannst mich nicht im Stich lassen«, sagte Nat.

Nat fuhr in die Danziger Straße und parkte den Wagen auf dem Platz vor der Kirche. Thea stieg aus und schlitterte auf dem gefrorenen Schnee, den die erste Nässe des einsetzenden Tauwetters noch glatter machte.
»Halt dich an mir fest«, sagte Nat, als er ausgestiegen war. Sie rutschten die paar Schritte zur Kirche, und Thea hielt die Tür auf und stand mit Nat in einem Windfang, an den eine Glastür grenzte. Nat wollte sie gerade öffnen, als sich jemand zwischen ihn und die Tür drängte und sie aufdrückte.
Thea dachte, daß es ein Kind sei, das einen zu großen Mantel trug, doch als sie den Stuhl in die dunkle Kirche

schob, sah sie in das Gesicht eines nicht mehr jungen Mannes.
Er schaute Nat an, als sei der Kaiser von China in die Kirche gekommen. Nat drehte sich zu Thea um. Der Blick des Mannes machte ihn verlegen. Thea hatte das Gefühl, daß er ihm ausweichen wollte.
»The coats«, sagte Nat.
Thea sah zu dem Mann hin, der jetzt am Arm einer Frau mit Persianer hing. Die Mäntel rochen nach Gruft.
Nat seufzte, als die beiden dicht vor Thea und ihm stehenblieben. Die Bänke waren schon besetzt. Die Messe hatte begonnen. Die Orgel setzte ein, und Thea kannte die Melodie und machte den Mund auf, weil ihr die erste Zeile des Textes einfiel. Doch dann atmete sie nur flach, um die Mäntel nicht zu riechen. Fischgrät. Thea konnte das Muster erkennen, als ihre Augen sich an das Dunkel gewöhnt hatten. Der Mann war klein genug, daß sie ihm in den Kragen gucken konnte, und Thea war schon klein.
»Fischgrät«, sagte Thea.
Der Kleine schob den Kopf in die Schultern und machte einen Schritt nach vorn.
»Was?« fragte Nat.
»Nichts«, flüsterte Thea.
Der kleine Mann legte den Kopf schief, als lausche er, doch Thea sah, daß er schon wieder nach Nat schielte.
Finsternis weichet. Eine Frauenstimme hing hoch über den anderen und machte die Liedzeile zu einer schrillen Forderung, die schon erfüllt war, denn die Lichtröhren summten in der Kuppel, und die Sänger sangen in die helle Kirche hinein.

»Das Timing stimmt nicht«, sagte Nat, »trotzdem, es gefällt mir. Die verstehen ihr Geschäft.«
Die Orgel malte nur noch ein paar kleine Töne unter den Satz, den Nat in das ausklingende Lied gesagt hatte.
Er senkte den Kopf, als er die Mißbilligung in den Gesichtern sah, und guckte in das Gesangbuch, das ihm jemand in die Hand gedrückt hatte. Er sah nicht, daß der Kleine ihm zunickte.
»Er kennt dich«, sagte Thea, »er nickt dir zu.«
»Ich kenne ihn nicht«, sagte Nat.
Thea versuchte, sich auf den Mann zu konzentrieren, der von der Kanzel sprach, doch sie schwankte und mußte sich an Nats Schulter halten. Der Weihrauch aus den Kesseln der Meßjungen und die Mäntel vor ihr mischten sich zu einem Geruch, den sie nicht aushielt.
»Setz dich auf meinen Schoß«, sagte Nat.
Thea setzte sich.
Die Leute drehten sich nach ihnen um. Der Kleine schien den Moment zu nutzen, um näherzurücken.
Ein Mann kam, der nach Küster aussah, und bot an, einen Sitzplatz zu suchen.
»Danke«, sagte Nat, »sie hat einen. Wir haben unseren immer dabei.«
Thea saß die ganze Messe lang auf Nats Schoß und stand erst auf, als die Leute von der Kommunion kamen.
»Laß uns gehen«, sagte Nat, »du bist ganz weiß.«
Thea machte eine Bewegung und stieß den Kleinen an, der dicht neben ihnen stand. Die Frau mit dem Persianer schob sich heran und machte ganz spitze Lippen. Die dünne alte Haut um ihren Mund lag in Plissee.

»Komm«, sagte Nat und zog an Theas Hand.
Sie waren schon an der Tür, als Thea den Pfiff hörte.
Das Postludium der Orgel verschluckte ihn schnell.
Thea blickte zurück und sah den Kleinen wieder am Arm der Frau hängen. Doch er schaute Nat und ihr nach.

»Er hat dich nicht aus den Augen gelassen«, sagte Thea, als sie im Auto saßen. Nat zuckte die Achseln.
»Hast du die Nase gesehen?« fragte Thea.
»Sieht aus, als sei ihm davon ein Stück abgeschnitten worden. Vielleicht hat die Mumie in dem Persianer ihn in eine Brotschneidemaschine gedrückt.«
»Was hast du getan, als ich noch täglich das Haus verließ?«
»Mich den Übersetzungen gewidmet, die du mir aufgeschwatzt hast.«
»Die können dich kaum ausgefüllt haben.«
»Doch«, sagte Nat, »da bin ich gewissenhaft.«
»Erzähl mir von einem typischen Tag«, sagte Thea.
»An typischen Tagen bin ich mit dem Kleinen um die Alster gejoggt.«
»Ich mag deinen Humor sonst ja ganz gerne«, sagte Thea.
»Ich weiß nicht, warum er mich so angesehen hat. Ist dir besser?«
»Es war der Weihrauch. Ich habe ihn noch nie riechen können.«
»Wann hast du denn Weihrauch gerochen?«
»Glorias Mutter ging manchmal mit mir in die Kirche.«
»Die fromme Großmutter und die ungetaufte Enkelin.«
»Ich durfte Gerda nicht Großmutter nennen. Das hätte sie

nicht ertragen. Eine Frau, deren Liebhaber jünger sind als ihr Schwiegersohn, und dann sagt eine Großmutter.«
»Hast du Gerda gesagt?«
»Gott nein«, sagte Thea, »du hast vielleicht Ideen. Ich habe Frau Lüttich gesagt, wie alle, außer den Liebhabern und meinem Großvater und meiner Mutter.«
»Gott ja«, sagte Nat, »was für ein warmes Nest.«
»Laß uns lieber von einem Tag im Leben des Nat Landman reden.«
»Nachher«, sagte Nat.

Die Tanne war von beiden geschmückt worden.
»Jeder darf nach seiner Vorstellung«, hatte Nat gesagt.
Er sagte es jedes Jahr, und in jedem Jahr hatten sich Nats Vorstellung und Theas Vorstellung über das ganze Objekt verteilen lassen. In diesem Jahr gab es eine zweigeteilte Tanne. Thea liebte die grünen Zweige und die weißen Kerzen. Nat liebte Engelshaar und in Glitzerpapier gepackte Süßigkeiten. Er liebte kleine Rasseln und Trommeln und eine goldglänzende Trillerpfeife, die in einer Wundertüte für Jungen gewesen war. Er liebte es ganz besonders, in all den Tand den Schmuck seiner Mutter zu hängen, den er Thea geschenkt hatte und den sie nie trug.
»Unten Kind und oben kühl«, sagte Nat, als er den Baum betrachtete.
»Die Rollen, die wir spielen«, sagte Thea.
Der Baum sah schön aus. Trotzdem.

Thea hatte am Nachmittag einen Truthahn gebraten, und Nat aß abends ausnahmsweise eine große Portion.

Er war ein miserabler Esser geworden. Ihn quälte der Gedanke, auch nur ein Gramm zuzunehmen.
»Ich muß tragbar sein.«
»Du meinst erträglich.«
»Ich meine movable. Ein Möbel. Dann kannst du mich immer mitnehmen.«
Nat, das Möbel, war zu dünn geworden in dem Jahr.
Thea nutzte es, daß er an diesem Abend nicht an die Tragbarkeit dachte, und tat ihm zu dem Truthahn auch noch von den Kartoffeln und den Preiselbeeren auf den Teller.
»Damit du nicht durchbrichst.«
»Das habe ich hinter mir«, hatte Nat gesagt.
Als sie aus der Kirche kamen, war noch der Bratenduft in den Zimmern, und Nat hatte Hunger.
Thea stellte ihm den Teller hin, ehe er sich anders besinnen konnte, und brachte Wein.
»Einander Brot und Wein«, sagte Nat.
»Weihnachten macht dich poetisch«, sagte Thea.
»Das stand in dem Gesangbuch. Die Katholiken singen es zu einer Hochzeit. Einander Brot und Wein.«
»Ganz schön leiblich«, sagte Thea, »fang an.«
»Womit?«
»Ein Tag aus deinem Leben.«
»Der 25. Dezember ist schon angebrochen«, sagte Nat.
»Du bist doch ganz wach.«
Nat seufzte.
»Als Thea noch täglich das Haus verließ«, sagte er.

»Es ist zehn, und du hast mich zurückgelassen«, sagte Nat, »somit ein typischer Tag.«

»Als ich noch einen Vertrag hatte«, sagte Thea.
»Du hattest noch einen Vertrag und einen Termin und außerdem deinen Autoschlüssel liegenlassen. Ich sehe ihn kurz nach zehn neben der Scheibe Toast liegen, die du wieder nicht gegessen hast. Ich schaue ihn dankbar an, denn er wird uns schnell wieder zusammenführen und mir noch ein paar Minuten mit dir schenken, bevor du mich für viele Stunden verläßt.«
»Eine Seifenoper«, sagte Thea.
»Jetzt haben wir eine Szene à la Figaro. Du stürzt herein und schreist nach dem Schlüssel und den Batterien für deinen Recorder, und wir heben alle Kissen und alle Zeitungen hoch, und ich finde die Batterien schließlich auf deinem Schminktisch. Du läufst los, und ich bin allein.«
»Ich erinnere mich an den Tag«, sagte Thea, »ich war spät dran, aber so ein Theater habe ich nicht gemacht.«
»Ich habe es so in Erinnerung«, sagte Nat, »ich bin also allein, aber nicht lange, denn da kommt die liebe Frau Posnack. Ich biete ihr an, wie ich es immer tue, Kaffee zu kochen. Sie lehnt es ab, wie sie es immer tut, weil sie unsere Art der Zubereitung nicht schätzt. Nach diesem anregenden und vertrauten Dialog ziehe ich mich an meinen Schreibtisch zurück.«
»Sprich dich ruhig aus«, sagte Thea.
»Laß mich dir nur noch erzählen, wie unsere Perle mit mir umgeht, sobald sie mit mir allein ist. Gott sei Dank fühlt sie sich nicht mehr gestört, wenn sie um den Schreibtisch rum saugt, während ich einer komplizierten sprachlichen Umsetzung nachsinne. Sie zieht mich auch nicht mehr weg, wenn ich im Weg bin, weil ich jetzt die Bremsen

ziehe. Dafür öffnet sie gern die Klappe oben an der Terrassentür, weil sie weiß, daß ich leicht friere. Die Stange nützt mir leider gar nichts, wenn ich wieder schließen will, denn die Gute steckt ein dickes Staubtuch in die Klappe.«
»Ich glaube, ich habe ein Ventil gelöst bei dir«, sagte Thea, »soll ich sie rausschmeißen?«
Nat schüttelte den Kopf.
»Ich nehme es leicht«, sagte er, »ich nehme doch alles leicht. Ich arbeite, sagen wir, bis drei, dann fällt mir die Decke auf den Kopf. An typischen Tagen bin ich dann in die Stadt gefahren. An dem Tag auch. Ich parke meistens in der Garage hinter dem Auktionshaus, in dem du Louises Silber verscherbelt hast.«
»Es ist immer noch genügend Silber da«, sagte Thea.
»An dem Tag«, sagte Nat, »habe ich als erstes ein Negativ zum Vergrößern gebracht. Ein Bild von uns beiden. Ich mag es sehr.«
»Was für ein Bild?« fragte Thea.
»Von unseren Inselferien. Im vorletzten März. Weißt du nicht mehr? Der Däne hat es mit deiner Kamera aufgenommen. Du und ich und ein Haufen Dünen. Im Mai bist du dann das erstemal nach Amerika geflogen.«
»Zeig es mir«, sagte Thea.
»Es liegt im Schreibtisch. Laß mich noch meinen Tag zu Ende bringen. Du wolltest doch alles hören. Ich war in dem Fotoladen. Dann habe ich Wein gekauft. Sonst keine Einkäufe an dem Tag. Du hattest ja keine Aufträge für mich. Was mache ich sonst noch in der Stadt. Ich kehre mal ein, trinke was, flirte ein bißchen. Gloria hatte recht. Ich gefalle den Frauen nicht weniger.«

»Ich rase vor Eifersucht«, sagte Thea.
»Schon gut. Ich weiß, daß ich dir nicht mehr viel bedeute. Darum habe ich ja auch das Bild vergrößern lassen. Um mich an meiner Vergangenheit zu laben. Eine liebende Thea guckt zu dem glücklichen Nat hoch. Ich bin eben der sentimentale Typ.«
»Zeig mir das Bild.«
»In meinem Schreibtisch«, sagte Nat, »in der Schublade.«
Thea erinnerte sich vage an ein Bild, das damals gemacht worden war. Doch das Schwarzweißfoto, das Nat auf ein Format von 24 × 30 hatte ziehen lassen, überraschte sie. Das Bild leuchtete. Theas Blick. Nats Lachen. Theas Lachen.
»Das Dokument einer Liebe«, sagte Thea.
»Ein Beweisfoto«, sagte Nat.
»Ich bestreite nicht, dich mal geliebt zu haben.«
Nat schaute auf das Foto.
»Du warst auch mal einen Kopf kleiner als ich.«
»Das bin ich wohl immer noch«, sagte Thea.
»Ich habe das vergessen«, sagte Nat.

Thea schlief in Nats Armen ein.
Er hatte sie gestreichelt. Sie hatte es geschehen lassen.
»Du warst weich heut nacht«, sagte Nat, »ein Weihnachtswunder.«
»Denk nicht zuviel darüber nach.«
»Wenn du mir helfen würdest.«
»Was dann?« fragte Thea.
»Die düsteren Prognosen erfüllen sich nicht.«
»Du meinst, du kommst noch mal auf die Beine?«

»Ich meine, daß ich immer noch ein guter Liebhaber bin«, sagte Nat.

Der Tag, an den auch Thea sich erinnerte, war ein Freitag gewesen. Frau Posnack kam freitags später, weil sie Nats Hemden aus der Wäscherei holte. Sie weigerte sich, seine Sachen zu waschen, war aber zu dem Botengang bereit.
Nat hatte die Batterien gefunden. Thea war gegangen.
Die alte Uhr, die auf dem Kaminsims stand, schlug halb elf, als Nat sich einen Whisky eingoß. Es war zwanzig nach zehn.
Die Zeit für das erste Glas schob sich an manchen Tagen zu weit nach vorn. Nat wußte das, und es gefiel ihm gar nicht.
Doch er trank mit großen Schlucken und wartete auf die Wärme, die gleich in seinem Körper sein würde. Er dachte, daß er auf dem Weg war, ein Trinker zu werden. Er stellte das Glas hinter die Bücher, die sich auf seinem Schreibtisch stapelten.
Eine Minute später kam Frau Posnack.
Die Begrüßung war kühl. Er bot an, Kaffee zu machen. Sie lehnte ab. Dann klingelte das Telefon. Nat haßte es, daß die Posnack den Hörer grapschte, ehe er ihn erreicht hatte. Als Nat den Hörer nahm, hörte er nur noch das Klicken.
»War ohnehin für Frau Friedberg«, sagte die Posnack, »der Mann hat seinen Namen aber nicht gesagt.«
Nat versuchte, ruhig zu sein.
»Wir spielen nicht Hase und Igel«, sagte er, »das Telefon wird von mir beantwortet.«

Frau Posnack verschwand in der Küche.
Nat holte das Glas hinter den Büchern hervor und goß noch mal einen großen Whisky ein. Er las das Kapitel, das er übersetzen wollte, und verstand kein Wort.
Ein Mann verlangte nach Thea und nannte keinen Namen.
Konnte der Trommler deutsch? Hatte er englisch gesprochen und die Posnack nur Friedberg gehört und sonst gar nichts verstanden? Einer, den Thea heimlich traf, um nachher zu tun, als hätte das Heranholen der Tanne ihr die Zeit genommen?
Nat stand schon vor der Küchentür. Doch er drehte um. Er wollte sich nicht vor der Posnack demütigen und nach dem Anrufer fragen.
Nat griff nach der Flasche. Er mußte eine neue kaufen, ehe Thea merkte, daß er die schon leergetrunken hatte.
Feige, den Namen nicht zu nennen und aufzulegen.
Nat sah das kleine Foto an, das er in einer der Jackentaschen gefunden hatte. Er wollte das Negativ heraussuchen und zum Vergrößern bringen.
Nat schien es, als sei er seit Sommer des vorigen Jahres nur damit beschäftigt, Thea zu halten.

Nat fuhr in das Parkhaus und fand im Tiefgeschoß einen Platz, an dem er bequem aussteigen konnte.
Als er die erste der beiden schweren Eisentüren öffnen wollte, die von der Garage zum Aufzug führten, hörte er das kurze, harte Klacken von hohen Absätzen. Er drehte sich um und sah eine Frau kommen.
Nat mühte sich nicht mehr mit der Tür. Die Frau hielt ihm

die Türen auf und wartete mit ihm auf den Aufzug, obwohl sie nur eine Treppe hatte.
Es dauerte mit dem Aufzug, und Nat sagte, daß die Türen oben keine Schwierigkeit seien, und die Frau lachte, und um ihre Augen waren kleine Fältchen.
Nat dachte, daß Thea ganz schmale Augen hatte, wenn sie lachte.
»Schade, daß wir schon da sind«, sagte die Frau, als sie oben ankamen, und hielt ihm noch eine Tür auf, und dann standen sie in der Passage.
Sie ging davon und drehte sich noch einmal um, und Nat nickte und hatte schon das kleine Foto in der Hand, um nach Theas Augen zu sehen. Er steckte es wieder in die Innentasche seiner Lederjacke und brachte das Negativ in den Fotoladen.
Nebenan kaufte er Tee und ein Sieb, das sie nicht brauchten, weil es immer noch drei silberne Teekugeln gab, die alle aus dem Haushalt seiner Mutter stammten. Nat kaufte es nur, weil er noch nie eines in einer so schrillen Farbe gesehen hatte.
Louise hätte es schrecklich gefunden.
Nat wollte noch in das Kaufhaus auf der anderen Seite der Straße, um den Whisky zu kaufen und Wein, doch es goß aus Kübeln, und Nat kehrte in die Passage zurück.
Als er an dem Sektstand vorbeikam, um den sich auch zu der Zeit des Tages Leute drängten, löste sich ein Mann aus den Reihen.
»Nat. Schön, Sie zu sehen.«
Nat blieb stehen und erkannte den Art Director eines Verlages, für den er mal gearbeitet hatte.

»Tut mir leid, daß Ihnen das passiert ist.«
Nat lächelte.
»Ich lebe ganz gut«, sagte er.
»Sie haben ja auch Thea.«
»Ja«, sagte Nat, »ich habe Thea.«
»Sie haben sich so zurückgezogen«, sagte der Art Director, »lassen Sie doch mal von sich hören.«
Nat nickte und wußte schon, daß er sich nicht melden wollte, und war dankbar, weiterzukommen. Er hoffte, keinem Bekannten mehr zu begegnen.
Den Wein kaufte er im Bistro am Ende der Passage.
Er trank noch ein Glas, und als der Alte kam und das Klavier aufklappte und anfing, die Lieder zu spielen, die Nat auch spielte, bestellte Nat noch ein zweites.
Er würde Thea nichts sagen von dem Anruf.
Vielleicht gab ihm das einen Vorsprung.
Als der Alte am Klavier die ersten Töne von Here There And Everywhere spielte, dachte Nat, daß er den Whisky noch nicht gekauft hatte. Doch er wollte keine Wege mehr machen.
Er wollte nach Hause. Thea würde kommen.
Als Nat an der Ampel hielt, sah er auf der anderen Seite der Kreuzung Thea, die in einen hellen Chevrolet stieg.
Nat bog falsch ab, um dem Wagen zu folgen. Ein paar Ampeln später hatte er ihn aus den Augen verloren.

Das Foto von Thea und Nat lehnte an dem Silberrahmen, der auf dem Kaminsims stand.
»Du siehst dein Mütterlein nicht mehr«, sagte Thea.
»Deine Augen sind wärmer«, sagte Nat.

»Sie war doch die beste aller Frauen.«
»Das war sie sicher nicht.«
»Augenblick mal«, sagte Thea, »ich denke, du bist das Kind mit der guten und ich bin das mit der bösen Mutter.«
»Sagen wir, um mich hat man sich gekümmert und um dich nicht.«
»Nat Landman, seit sieben Jahren erzählst du mir, daß es keine bessere Mutter gab als deine.«
»Dann erzähle ich seit sieben Jahren Mist.«
»Ich dachte, ich müßte mich an ihr messen.«
»Nur das nicht«, sagte Nat.
»Wird es nicht mal Zeit, mehr voneinander zu wissen?«
»Ja«, sagte Nat, »kennst du jemanden, der einen Chevrolet fährt?«
»Ich sprach von deiner Mutter.«
»Und ich von einem Chevrolet.«
»Ich kenne keinen«, sagte Thea.
»Meine Mutter hat mich sehr geliebt«, sagte Nat, »solange ich ihrem Anspruch gerecht wurde. Ich habe meine Kindheit und noch ein paar Jahre mehr damit verbracht, das zu schaffen. Ich habe Diener gemacht und die Hände alter Damen geküßt. Ich habe für die Freundinnen meiner Mutter Klavier gespielt und mich in Galerien gelangweilt. Ich habe bei allen Nachbarn den Rasen mähen müssen, obwohl sie alle Gärtner hatten, und nicht mal zehn Pence dafür annehmen dürfen. Ich habe auf den Geburtstagen nie mehr als ein Stück Kuchen gegessen und mich nicht vollgestopft wie die anderen Kinder und mir nie einen Fleck auf die ewig grauen Hosen gemacht.«

»Hol Luft«, sagte Thea.
»Die Liste meiner Leiden ist länger. Ich habe meine Mutter angebetet. Ich mußte es tun, sonst hätte sie noch mehr gelitten, als sie es ohnehin schon tat. Ich mußte gutmachen, was der andere Nathaniel Landman ihr angetan hatte.«
»Warum hast du mir das nie erzählt?«
»Ich glaube, ich weiß es noch nicht lange.«
»Wann hast du den Chevrolet gesehen?«
»An dem Tag, von dem ich dir gestern erzählt habe. An der Kreuzung am Dammtor. Du stiegst gerade ein.«
»Ich habe mich ein paarmal mit dem Mann getroffen«, sagte Thea, »aber es ist schon vorbei.«
Nat fing an zu weinen.
»Heul nicht«, sagte Thea, »ich seh' ihn ja nicht mehr.«
Nat zog die Nase hoch.
»Es ist leicht, mich loszuwerden«, sagte er, »ich bin schnell abgehängt.«
»Ich habe noch nie so was Schweres versucht, wie dich loszuwerden.«
Nat sah aus, als wolle er noch mal in Tränen ausbrechen.
»Stay cool, boy«, sagte Thea, »du bist zu alt für die Heulerei.«
»Im Gegenteil«, sagte Nat, »ich komme allmählich in das Alter, in dem ich nicht mehr glaube, cool sein zu müssen.«
»Du wolltest cool sein?« fragte Thea.
»O ja«, sagte Nat, »aber dem Anspruch bin ich noch viel weniger gerecht geworden.«

Thea wollte keine Silvesterraketen.
»Die hören sich an wie Krieg«, sagte sie.

»Du kennst doch keinen Krieg«, sagte Nat.
»Ich kenne ihn. Seine Geräusche sind in Glorias Gene geraten, als sie nächtelang in ihrem Kölner Keller saß.«
»Gloria hatte sich kein friedlicheres Plätzchen gesichert?«
»Damals war sie wohl noch nicht so schlau.«
»Und dein Vater warf die Bomben«, sagte Nat.
»Der warf die Bomben. Er lebte schon lange genug in England, um bei der Royal Air Force fliegen zu dürfen.«
»Die Generation vor uns hatte es auch nicht gerade leicht.«
Thea knüllte den Zettel zusammen, auf dem Nat seine Feuerwerkswünsche notiert hatte, und stand auf.
»Dann nicht«, sagte Nat, »aber laß uns Berliner kaufen. Du kannst sie vertragen. Du bist schon wieder dünner geworden.«
»Du auch«, sagte Thea, »ißt du denn welche?«
»Nur eine kleine Katastrophe«, sagte Nat, »und wir lassen sie an uns zehren und machen einen Untergang daraus. Dabei ist doch alles Gewöhnung.«
Er nahm ein Bein und legte es auf das andere und schüttelte den Kopf.
»Es sieht nicht aus, die Beine zu kreuzen.«
»Deine Hosen sind zu kurz«, sagte Thea.
»Im Sitzen sind sie immer zu kurz«, sagte Nat.
»Die nächsten nimmst du länger.«
»Das einzig Gute ist, daß du bei mir bleiben mußt.«
»Vielleicht hält mein schlechtes Gewissen nicht lange vor.«
»Doch«, sagte Nat, »du verzeihst dir den Unfall nie.«
»Eine ménage à trois«, sagte Thea, »du und ich und das

schlechte Gewissen. Dürfen noch handelnde Personen auftreten?«
»Nein«, sagte Nat.

Nat, der Mittelpunkt, er hatte es genossen, von Menschen umgeben zu sein. Nach dem Unfall wollte er nur noch Theas Nähe und die ganz nah. Doch der Rückzug hatte schon Monate vorher begonnen. Die großen Auftritte waren selten geworden, wenn sie auch immer noch mit Glanz über die Bühne gingen. Doch es gelang ihnen kaum mehr ein nettes Spektakel mit großer Besetzung.
Nat zog sich und Thea zurück. Er ließ Thea nicht aus den Augen, seit sie gesagt hatte, daß sie sich von ihm trennen wolle. Er tat alles, um sie zu halten, und alles war falsch.
Thea schien es, als sei sie seit Sommer des vorigen Jahres nur damit beschäftigt, Nat loszuwerden.
Sie sah zu ihm hin. Er sprach mit einer Frau, die ihm gerade einen der Malt Whiskys aus dem Regal geholt hatte.
Die kleinen Kontakte suchte er noch immer. Begegnungen, bei denen nichts haftenblieb, nur das bißchen Bestätigung, daß er gefiel.
Nat liebte die alte Fliegerjacke der Air Force, die Thea ihm geschenkt hatte. In ihr gab er den Kerl, den eine Kampfverletzung vorübergehend zur äußersten Schonung zwingt. Der ungeduldig wartet, wieder in die Einmotorige zu steigen und in das Abenteuer zu fliegen. Nat wurde gern für einen Abenteurer gehalten. Er spielte ihn gut, wenn er das Spiel auch nie lange aushielt.
Im September vor sieben Jahren hatte er Thea im ersten

Augenblick getäuscht. Als im zweiten schon ein Seelchen aus ihm geworden war, hatte sie seine Sentimentalität gerührt.

Thea nahm das Brot, das die Verkäuferin auf die Theke gelegt hatte, und ging zu Nat, der noch immer vor den Whiskys stand und dabei war, die Fliegerjacke länger zu ziehen.

»Deine Beine sehen gut aus«, sagte Thea, »du brauchst nicht die Jacke darüberzuzerren. Erkläre mir lieber, wie du es schaffst, daß sie nicht dünner werden.«

Nat sah auf.

»Du wirst bald wieder mit deiner Einmotorigen über die Wälder fliegen«, sagte Thea, »wilde Wälder.«

»Du beunruhigst mich«, sagte Nat, »was sind das für Betrachtungen.«

»Ich habe sie angestellt, als ich in der Schlange an der Brottheke stand«, sagte Thea.

»Daß du nicht sehen willst, wie dünn sie sind. Ich habe eben noch gedacht, daß ich die Jeans nicht mehr anziehen sollte. Bundfaltenhosen kaschieren das wohl besser.«

Thea zog den Einkaufswagen heran und zählte die Flaschen, die Nat hineingestellt hatte.

»Kontrolliere mich nicht«, sagte Nat, »schau dir lieber die Frau an, die drüben an der Kasse steht. Die wollte wissen, wie mir denn das passiert sei.«

»Hast du auf mich gezeigt?« fragte Thea.

»Nein«, sagte Nat, »ich habe gesagt, ich sei mit meiner Einmotorigen in einen wilden Wald gefallen.«

Er deutete auf eine Flasche, die in dem Einkaufswagen stand.

»Für den letzten Abend dieses Jahres. Bist du einverstanden?«
Thea nickte. Anderthalb Liter Whisky für einen Abend zu zweit. Um zwölf Uhr würden sie vor Langeweile volltrunken sein. Thea spürte schon den Brechreiz. Doch es war nicht das Jahr, um einen Silvesterball vorzuschlagen.

Thea öffnete die Augen und schloß sie schnell wieder. Das Licht schnitt. Der Kopf schmerzte.
»Give it a second try«, sagte Nat.
Thea drehte sich um und hielt die Augen geschlossen.
»Habe ich geträumt, daß wir die ganze Flasche getrunken haben?«
»Nein«, sagte Nat, »du hast auch nicht geträumt, daß wir miteinander geschlafen haben. Du warst lieb. Danke.«
»War es so schlimm?«
»Nein, es hat geklappt. Wie schön, daß du schon den Mantel des Vergessens darübergebreitet hast.«
»Wir haben gedacht, daß nichts mehr ginge.«
»Ich bin ja auch dankbar«, sagte Nat.

Thea sah zu, wie das Aspirin zerfiel. Sie stellte das Glas auf den Wannenrand und tauchte in das Bad ein.
An Nat geschahen Wunder. Nur nicht das eine, daß er aufstand und ging. Wandelte, dachte Thea. Doch sonst hielt er sich an keine der Prognosen. Thea hatte schon versucht, mit seinem Arzt darüber zu sprechen.
»Danken Sie dem lieben Gott«, hatte der gesagt.
Es schien blasphemisch zu sein, nach einer medizinischen Erklärung zu fragen.

»Hast du was dagegen, wenn ich mit in die Wanne komme?« fragte Nat.
»Aber hol dir dein eigenes Aspirin«, sagte Thea.
Nat faßte nach dem Griff, der an die Wanne geschraubt war, und hob sich auf den Kachelvorsprung. Er rutschte langsam in das heiße Wasser und seufzte auf.
»Hier fühlt sich die kleine Meerjungfrau wohler als auf dem trockenen Land«, sagte er.
»Was wirst du tun, wenn ich kalt dusche?«
»Du wirst mir Zeit geben, vorher zu entkommen.«
Nat sank noch ein bißchen tiefer in den Schaum.
»Ein Glück, daß du klein bist«, sagte er, »so geht es gerade mit der Wanne. Hast du schon einen Termin fürs Standesamt?«
»Sie saßen im Schaumbad und sprachen von Heirat«, sagte Thea und nahm die Handbrause.
»Willst du mich gleich mit einem kalten Guß strafen?«
»Ich will mir die Haare waschen. Ich brauche nicht zuzuhören.«
»Mir ist es ernst«, sagte Nat.
»Mir auch. Ich habe nicht die geringste Lust, Mrs. Nathaniel Landman zu sein.«
»Von mir aus auch Frau Friedberg Landman. As you like it.«
»Ich heirate dich nicht, Nat.«
Thea hängte die Brause an den Haken.
»Ich fahre morgen nach Berlin. Eine größere Geschichte, die mir die Redaktion anvertraut hat.«
»Warum sagst du mir das erst jetzt?«
»Weil ich dir nicht vorzeitig die Laune verderben wollte.

Ich möchte dich bitten, weder Treppen noch andere Abgründe hinunterzustürzen.«
»An deinem Geburtstag bist du doch da.«
»Ich komme an dem Abend zurück.«
»Das sind zehn Tage.«
»Neun«, sagte Thea.
Nat legte die rechte Hand auf den Wannenrand und griff mit der linken nach der Sprossenleiter, die an der Wand hing. Thea dachte, er mache einen Versuch, hochzukommen. Doch Nat gab sich einen Schwung und tat das Gegenteil. Rutschte noch tiefer in die Wanne. Tief genug, um mit dem Kopf unter Wasser zu kommen.
Thea wartete. Wartete etwa eine Minute. Nat tauchte nicht auf. Thea nahm Nats Kinn und versuchte, seinen Kopf nach oben zu drücken, doch er schüttelte ihre Hand ab und sank noch tiefer. Thea stand auf und stieg aus der Wanne und packte Nat an den Schultern und dachte, daß sie alles zu langsam tat.
Doch sie schaffte es, ihn auf den Vorsprung zu ziehen.
Nat ließ den Kopf in den Nacken fallen und keuchte nach Luft. Thea nahm ein Handtuch und trocknete ihm das Gesicht.
»Hör auf«, sagte sie, »hör auf mit deinen Spielchen. Ich mach' das nicht mehr mit. Wenn du dich umbringen willst, dann tu es, doch tu's nicht vor meinen Augen.«
Nat hustete einen Schwall Wasser.
»Ist gut«, sagte er, als er wieder gleichmäßiger atmen konnte, »ich mache es still und heimlich. Wie dein Vater.«
Thea schlug zu. Ihre Hand zeichnete sich in Nats Gesicht ab, kaum daß sie sie zurückgezogen hatte.

Sie sah den roten Fleck auf Nats Wange und wollte darüberstreichen. Doch Nat zuckte zurück.
Er nahm das Tuch, das Thea noch immer in der einen Hand hielt, und legte es sich auf den Schoß, als müsse er seine Blöße bedecken.
»Es tut mir leid«, sagte Thea.
»Laß mich allein«, sagte Nat, »ich möchte nicht, daß du mir zusiehst.«

Thea hörte, wie Nat versuchte, den Wagen zu starten. Es gelang ihm nicht gleich. Doch als Thea ans Fenster ging, sah sie ihn davonfahren.
Sie lief durch die Wohnung und wußte nicht mehr, was sie hatte tun wollen. Dann schließlich stand sie in der Kammer, die einmal Nats und ihre Kleiderkammer gewesen war. Seine Sachen hatte sie schon im Sommer in den großen Schrank in der Diele geräumt. Die Kammertür war zu schmal für Nat.
Thea nahm den kleinen Lederkoffer, der zwischen den großen Gepäckstücken stand, und ließ das Schloß aufschnappen. Die Menükarte eines Florentiner Restaurants lag darin.
Das Menü vom sechsten September.
Sie hatten ihren fünften Jahrestag gefeiert.
Ende September waren sie in Kalabrien gewesen, in irgendeinem Nest in den Bergen. Sie hatten in der einzigen Bar gestanden und salzigen Käse gegessen und literweise Wein getrunken.
Auf Louise, hatte Nat gesagt und das Glas gehoben.
Auf Louise, die heute fünf Jahre tot ist.

A Louise, hatten die alten Männer gerufen und Nat zugeprostet. Thea mochte ihr Glas nicht mehr heben.
Sie hatte in den Spiegel geschaut, der über der Theke hing, und Nat zugesehen, der ausgelassen war, als gälte es, ein Fest zu feiern. A Louise.
Neben dem Spiegel klebte die blauschwarze Reklametafel einer Schokoladenfirma. Die schwarze Silhouette eines Paares vor einem Sternenhimmel. Baci di Perugia.
Thea nahm die Karte aus dem Koffer und legte ein Kleid hinein. Sie holte es wieder heraus und klappte den Kofferdeckel zu. Nicht das kleine Gepäck. Den Kram nehmen und gehen und nicht mehr zurückkommen. Thea sah sich nach dem großen Koffer um. Bella ciao, hatten die alten Männer gesungen. Nat war mit Thea durch die Bar getanzt, und die Männer hatten geklatscht. Nat kaufte Thea eine Schachtel der Baci di Perugia, die Thea anbot, bis alle Pralinen gegessen waren.
Die Schachtel hatte sie behalten.
Thea hob den Deckel des alten Schiffskoffers.
Auch eines von Nats Erbstücken, das einem Feingold gehört hatte. Thea fand die Pralinenschachtel unter einem Packen Leinendecken. Die dicke Pappe ließ sich schwer zerreißen, doch Thea schaffte es, kleine Fetzen zu machen. Auch aus der Menükarte vom sechsten September. Dann packte sie den kleinen Koffer.

Ein Stück vom blauschwarzen Perugiahimmel pickte Thea aus einem der Schlittschuhe, die auf dem Boden lagen. Es fiel ihr erst einen Augenblick später auf, daß daran etwas nicht stimmte.

Nats Schlittschuhe. Thea hatte Nats Sportzeug schon vor Monaten in einen großen Karton gepackt. Auch die Schlittschuhe. Nur die Skier nicht, die im Kamin gebrannt hatten. Das Skateboard nicht, das noch neben der Kammertür lehnte. Thea schob eine Kleiderstange zur Seite und sah den Karton in der Ecke stehen. Dort hatte sie ihn hingeschoben.
Sie nahm die Pappe und hielt das Zeitungspapier in der Hand, das in den Schuh gestopft war. Zweiundzwanzig Tote in Kasachstan. Thea las die Zeile und versuchte sich zu erinnern, bei welcher Gelegenheit sie die Schlittschuhe aus dem Karton genommen hatte.
Zweiundzwanzig Tote. Thea war nicht berührt. Weit weg. Lang her. Wann war Nat zum letztenmal Schlittschuh gelaufen?
Im vorigen Winter war der Frost erst am Tag vor Theas Geburtstag gekommen. Also war er vor zwei Jahren das letztemal auf dem Eis gewesen.
Kasachstan. Warum war das Wort in ihrem Kopf?
Thea las den Artikel über Michail Solomenzew, der Vorsitzender eines Kontrollkomitees war, und wurde nicht klüger.
Sonst nur eine Meldung über den geringen Börsenumsatz auf der Seite. Der zweite Teil der zerrissenen Zeitungsseite steckte im anderen Schuh. Den Aufmacher vom Protest der Studenten in Shanghai registrierte Thea nur am Rande.
Ihr Blick blieb beim Datum hängen.
Der 23. Dezember des gestern vergangenen Jahres.
Die Zeitung in Nats Schlittschuhen war zehn Tage alt.

Nat stellte den Motor ab und saß noch eine Weile still hinter dem Steuer, bevor er wagte, zur Wohnung hochzugucken.

Als er die hellen Fenster sah, seufzte er auf.

Er war nicht lange weg gewesen. Vier Stunden.

Er hätte länger aushalten wollen, doch in der letzten Stunde war Nat panisch geworden bei dem Gedanken, daß Thea nicht mehr dasein könnte, wenn er nach Hause käme.

Waren vier Stunden lang genug, um Thea über seinen Verbleib nachdenken zu lassen? Vier Jahre nicht, dachte Nat.

Doch wenigstens hatte er eine Ohrfeige auf der Habenseite.

Thea schaute nicht hoch, als Nat hereinkam.

Sie saß auf dem Sofa und sah in ihr Buch.

»Ich bin wieder da«, sagte Nat.

Thea gab keine Antwort.

»Ich bin derjenige, der geohrfeigt wurde«, sagte Nat, »du kannst ruhig netter sein.«

Thea hob den Kopf.

»Du hast deine Schlittschuhe vergessen, oder trägt das Eis schon nicht mehr?»

»Was soll das?« fragte Nat.

Thea warf ihm das zerknüllte Zeitungspapier in den Schoß. Nat strich das Papier glatt.

»Studenten haben in Shanghai protestiert. Damit habe ich nichts zu tun, falls du gegen diesen Protest bist.«

»Schau dir das Datum an.«

»23. Dezember«, sagte Nat.

»Der vor zehn Tagen.«
»Ich kapiere trotzdem nicht, was du von mir willst.«
»Die Zeitung war in deinen Schlittschuhen.«
»Ach so«, sagte Nat, »und du denkst, ich hätte Eishockey gespielt.«
»Hast du nicht?«
»Doch. Ich war ziemlich wacklig auf den Beinen, aber ich habe den Jungs immer wieder den Puck abgejagt.«
»Hast du sonst noch was dazu zu sagen?«
»Ich kann es dir erklären.«
»Dann erkläre mir auch, wie du in die Kammer gekommen bist.«
»Das ist nun wirklich einfach«, sagte Nat, »ich bin auf dem Hintern hineingerutscht.«
»Warum? Deine Klamotten sind im Dielenschrank.«
»Ich wollte an den Expander. Ein bißchen trainieren. Ich habe in dem Karton gekramt und die Schlittschuhe gefunden.«
»Und dann?«
»Ich wollte was Dramatisches tun und sie wegwerfen. Du hättest sie dann im Müll gesehen.«
»Danke«, sagte Thea, »du hattest doch schon die Skier verbrannt.«
»Darum fand ich das auch zu abgedroschen.«
»Was hast du also gemacht?«
»Sie geputzt und Zeitungspapier hineingestopft.«
»Und bist dabei immer auf dem Hintern gerutscht.«
»Ja«, sagte Nat, »und alles an dem Tag, an dem du acht Stunden gebraucht hast, um einen Baum zu holen.«
»Dein Wagen war ganz dreckig an dem Abend.«

»Ich bin ein bißchen herumgefahren. Ich war auf dem See, auf dem wir Schlittschuh gelaufen sind. Ich war auch auf dem Eis. Jemand hat mir an der Böschung geholfen.«
»Das glaubst du doch selber nicht.«
»Ich war auf dem Eis.«
»Deine ganzen Erklärungen für die Zeitung in den Schlittschuhen und das dreckige Auto.«
»Hör mir mal zu«, sagte Nat, »ich war immer ein großer Sportler. In diesem Monat jährt sich der Tag, seit dem ich hier rumsitze. Kannst du dir nicht vorstellen, was ich denke, wenn ich den ganzen verdammten Kram sehe. Ich weiß auch nicht, warum ich geglaubt habe, daß es mir hilft, an den See zu fahren. Wahrscheinlich bin ich ein Masochist.«
Thea stand auf und goß sich einen Whisky ein.
»Gib mir auch einen.«
Thea füllte ein zweites Glas zu einem Drittel und gab es Nat.
»Du glaubst mir nicht?«
»Nein«, sagte Thea.
»Was soll ich tun? Mir Benzin auf den Schoß schütten und ein Streichholz dranhalten?«
»Tu das«, sagte Thea, »sonst tue ich es.«
Sie stand schon an der Tür, als sie das Knacken von Glas hörte. Sie drehte sich um und sah das Blut, das aus Nats rechter Hand lief. Es lief in den Hemdärmel und auf Nats Schoß. Über die Stuhllehne und auf den Teppich. Nat hielt die Hand hoch und starrte auf die Splitter, die in der Haut hingen, als hätte er nicht mitgekriegt, daß er das Glas zerdrückt hatte.

Thea zerrte ihren Gürtel auf und versuchte, Nats Arm abzubinden. Sie rannte in die Küche und riß den Schrank auf, und das erste, was sie griff, war Frau Posnacks Kittel. Er war vollgeblutet, kaum daß sie ihn um Nats Hand gelegt hatte.
Sie brachte Nat aus der Wohnung und in den Aufzug. Sie setzte ihn in ihr Auto. Nat ließ alles geschehen.
Er reagierte erst, als Thea auf das Gelände des Krankenhauses fuhr.
»Laß mich bloß nicht hier.«
»Ich fliege morgen nach Berlin«, sagte Thea.
Die Ärztin brauchte eine Stunde, um die kleinen Splitter zu ziehen. Nats Hand wurde geschient und verbunden und war melonengroß.
»Sie haben eine Menge Blut gelassen«, sagte die Ärztin.
»Ich bleibe nicht hier«, sagte Nat, ehe sie weitersprechen konnte, »meine Frau versorgt mich.«
»Ich fliege nach Berlin«, sagte Thea.
»Haben Sie sonst jemanden, der Ihnen hilft?«
»Keine Sorge«, sagte Nat, »das kriege ich hin.«

Thea setzte den Teekessel auf und ging ins Schlafzimmer zurück, um Nat aus dem Bett zu holen.
»Laß mich liegen. Es ist ja noch schwarze Nacht.«
»Kommst du nachher allein klar?«
»Ich soll es neun Tage lang.«
»Die Posnack kommt täglich, sie ist ganz scharf auf mehr Geld. Dafür kümmert sie sich sogar um dich.«
»Na wunderbar«, sagte Nat, »dann kann ich mich ihr ja anvertrauen.«

»Meine Telefonnummer liegt auf deinem Schreibtisch.«
»Leg mir noch einen von den Pullovern hin. Ich kriege ja kein Hemd über die Hand.«
»Ich lege ihn auf die Kommode in der Diele«, sagte Thea, »und den Teekessel nehme ich lieber noch mal vom Herd.«
»Nein«, sagte Nat, »ich stehe auf.«
»Ich muß los. Mach es gut.«
»Ja«, sagte Nat.

Thea verließ den Probensaal und ging zum Telefon.
Sie wählte die Hamburger Nummer und hörte dem Rufton zu.
Nach dem zwanzigsten war die Verbindung weg. Thea sah auf die Uhr. Halb acht. Den ganzen Tag versuchte sie es schon. Bei Nat und bei der Posnack. Thea ging zurück in den Saal.
»Ich gehe nicht mit euch essen«, sagte sie, »aber ich bin morgen wieder zeitig da.«
»Was ist los?« fragte die Frau auf der Bühne.
»Ich will die Maschine nach Hamburg noch erwischen. Mein Kind macht mir Sorgen.«
»Morgen sind auch die Kostüme da«, sagte die Frau, »wir fangen um zehn an. Ich verlasse mich darauf, daß du pünktlich bist. Die Stanitzki kommt nur für dich.«
»Du kannst dich auf mich verlassen«, sagte Thea.
»Ich wußte nicht, daß du ein Kind hast«, sagte der Fotograf.
»Doch«, sagte Thea.
Den Mantel zog sie erst im Taxi an.

Die Wohnung war so, wie Thea sie am Morgen verlassen hatte. Nur das Teewasser war verkocht und die Flamme ausgegangen. Doch der Kessel glühte noch.
Nat lag im Bett. Er schien nicht erstaunt zu sein, sie zu sehen.
»Warst du gar nicht auf?«
»Mir ist schlecht«, sagte Nat.
»Deine Augen sind glasig. Hast du getrunken?«
Nat schüttelte den Kopf und stöhnte auf.
»Mach das grelle Licht aus.«
»Nur die kleine Lampe auf deinem Nachttisch ist an«, sagte Thea.
Sie holte das Fieberthermometer und steckte es ihm in den Mund. Nat hatte es schon ausgespuckt, als sie wieder ins Schlafzimmer kam, um die Bettwäsche zu wechseln.
Trotzdem. Vier Strich über vierzig.

Der Notarzt legte einen neuen Verband um Nats entzündete Hand und gab ihm eine Spritze. Er schrieb lange an einem Rezept und ließ eine Schachtel Antibiotikum da.
»Geben Sie gut auf ihn acht«, sagte er, als sie wieder in der Diele standen, »sein Körper hat im Augenblick nicht genügend Kraft, um gegen die Entzündung anzugehen. Was ist mit den Nieren?«
»Nichts Besonderes«, sagte Thea.
»Keine Blasenentzündungen?«
»Doch«, sagte Thea.
Der Arzt sah sie kalt an.
»Können Sie ihn in ein Krankenhaus einweisen?«
»Nein. Holen Sie morgen den behandelnden Arzt.«

»Und das Fieber?« fragte Thea.
»Das fällt, wenn Sie ihm das Antibiotikum geben. Aber nicht auf nüchternen Magen. Sorgen Sie dafür, daß er ißt.«
»Sie halten mich für eine Rabenmutter«, sagte Thea.
»Ich verstehe nicht.«
»Ist schon gut«, sagte Thea, »ich fange tatsächlich an zu glauben, daß er mein Kind ist.«

»Nimm die Tabletten, Nat.«
»Ich komme nicht hoch. Hilf mir.«
Thea half ihm und legte noch ein Kissen in seinen Rücken.
»Zwei weiße Kapseln«, sagte Thea, »wo hast du sie?«
»Im Mund. Sie lösen sich auf und sind bitter.«
»Wo hast du das Glas Wasser gelassen, das ich dir auf den Nachttisch gestellt habe?«
»Da war kein Glas.«
Thea sah es auf ihrer Bettseite stehen, gerade noch in Nats Reichweite. Sie nahm das Glas und hielt es ihm so schräg an den Mund, daß er sich verschluckte. Er hatte sich kaum erholt, als Thea ihm ein Stück von dem Toast nachschob, den er noch nicht angerührt hatte.
»Keiner soll mich für eine Rabenmutter halten«, sagte sie und stopfte ihm das nächste Stück in den Mund. Nat konnte nicht so schnell kauen und begann noch einmal zu husten.
»Ich habe das Telefon lange läuten lassen«, sagte Thea.
Nat fiel in die Kissen zurück.
»Du siehst doch, was los ist«, sagte er, »jetzt bin ich total abhängig von dir.«

»Die Hand heilt ja wieder. Gott sei Dank sind nicht alle deine Leiden ewig.«
»Was ist mit Berlin?« fragte Nat.
»Ich bin einfach losgerannt. Morgen früh muß ich mit der ersten Maschine los. Die Stanitzki kommt nur für mich.«
»Wer ist die Stanitzki?«
»Eine Schauspielerin.«
»Laß mich nicht allein«, sagte Nat.
»Was ist mit der Posnack? Hat sie wenigstens angerufen?«
»Das Telefon hat dauernd geklingelt. Aber ich war ja nicht dran.«
»Wenn die Posnack uns hängenläßt, muß ich dich ins Krankenhaus bringen.«
Nat versuchte hochzukommen.
»Nein«, sagte er und hatte schon Schweißtröpfchen auf der Stirn, »nicht ins Krankenhaus. Ich halte das nicht mehr aus. Ich kriege schon Depressionen, wenn ich die Luft in den Fluren atme.«
»Ich kann die Geschichte in Berlin nicht platzen lassen. Dann kriege ich keinen Auftrag mehr.«
»Ist dir denn das alles wichtiger als mein Leben?«
»An ein paar Schnitten in der Hand stirbst du nicht.«
»Ich habe hohes Fieber.«
»Morgen nicht mehr«, sagte Thea.
»Ich muß mich doch auf dich verlassen können«, sagte Nat.

»Du bist dir im klaren, daß wir auf deine weitere Mitarbeit verzichten?« fragte der Redakteur, als sie Berlin absagte.
»Sehr im klaren«, sagte Thea.

»Laß dich doch nicht von Nat zum Narren machen.«

»Er macht mir nichts vor. Er hat immer noch hohes Fieber, und mit der geschienten Hand ist er ziemlich hilflos.«

»Du mußt wissen, was du tust. Ich hätte nie gedacht, daß gerade du dich zu einer Florence Nightingale entwickeln würdest. Was ist nur aus dir geworden, Thea. Du warst mal unsere beste Schreiberin und die zuverlässigste.«

»Wie sich ein Leben so lebt«, sagte Thea.

Sie legte auf und ging zu dem Marmortisch und nahm sich einen Whisky. Die Uhr auf dem Sims schlug halb zehn.

»In einer halben Stunde kommt die Stanitzki«, sagte Thea, »wann fängst du morgens eigentlich an mit der Sauferei?«

Nat antwortete nicht.

Thea ging ins Schlafzimmer und hob ihr Glas.

»Ich trinke darauf, daß wir nicht zu Trinkern werden.«

»Werde nicht zur Zynikerin«, sagte Nat.

»Wäre auch nicht schlimmer.«

Thea sah das Thermometer, das in kleinen Teilen auf dem Boden lag.

»Du hast noch mal Fieber gemessen?«

»Es ist mir aus der Hand gefallen«, sagte Nat.

»Und kaputtgegangen? Auf den Dielen?

»Es muß ungünstig aufgekommen sein.«

Thea setzte sich auf Nats Bett und sah ihn an.

»Was machen eigentlich die kleinen Engländer, wenn sie die Schule schwänzen wollen?«

Nat verzog das Gesicht.

»Ich ertrage es nicht mehr«, sagte er, »du tust mir so weh mit deinem Mißtrauen.«

»Was glaubst du, wie weh es mir tut, deine Nurse zu spie-

len und zu vergessen, daß ich mal eine Karriere gehabt habe.«
»Denk an das, was ich nicht mehr habe.«
»Schon hat die Katze den kleinen Vogel wieder in den Krallen.«
»Du bist der kleine Vogel.«
»Ja«, sagte Thea.
»Du mußt mal deinen Verfolgungswahn behandeln lassen.«
»Diesmal verzichte ich darauf, dir eine runterzuhauen.« Sie stand auf und wandte ihm den Rücken zu und hockte sich hin, um die Teile des Thermometers aufzusammeln. Nat sah, daß ihre Schultern zuckten.
»Weinst du?«
»Nur Freudentränen«, sagte Thea.
»Ich hatte solche Angst, daß du nach Berlin fährst.«
»Du hast kein Fieber mehr?«
»Nicht mehr viel. Dabei habe ich die Kapseln gar nicht im Mund gehabt.«
»Du hast keine von den Kapseln genommen?«
»Nein«, sagte Nat, »ich habe sie alle in meiner Nachttischschublade versteckt.«
»Dein Körper scheint ja ganz ausgezeichnet gegen eine Entzündung angehen zu können.«
»Was?« fragte Nat.
»Hast du ein Streichholz an das Thermometer gehalten?«
»Ja«, sagte Nat, »ich hätte lieber heißes Wasser drüberlaufen lassen sollen. Da kann nicht so schnell was schiefgehen. Aber ich hätte ja eine halbe Stunde gebraucht, um aus dem Bett zu kommen.«

»An die Heizung halten ist auch noch ganz gut«, sagte Thea.
»Auch zu weit weg«, sagte Nat, »die Streichhölzer lagen hier in meiner Schublade.«
Thea ließ die Thermometerstücke aus der Hand fallen.
»Es ist zu heiß geworden«, sagte sie.
»Ich hätte es nicht in die Flamme halten dürfen.«
»Die Stanitzki ist jetzt schon im Theater«, sagte Thea und trat auf die Scherben und drehte sich auf den Dielen, daß das Glas auf dem Holz schmirgelte. Schneller. Sie drehte sich schneller.
»Steh auf«, sagte sie, »die Station ist geschlosssen.«
»Ich simuliere nicht«, sagte Nat, »es geht mir schlecht.«
»Dann soll die Posnack dich pflegen.«
»Ich habe sie rausgeschmissen«, sagte Nat.
Thea hielt an. Ihr war so schwindlig, daß sie sich auf die Bettkante setzte. Nat schob die dickverbundene Hand zu ihr hin. Thea hätte gern an ihr gezerrt und gezogen und Schmerz zugefügt.
»Die alte Hexe hat mich oft gepeinigt«, sagte Nat, »doch gestern ist sie zu weit gegangen.«
»Was war los?«
»Sie hat dich mit einem Mann gesehen. Einer mit dunklem Bart und schwarzem Käppchen. Ihrer Beschreibung nach ein Rabbi.«
»Er trägt eine Baskenmütze«, sagte Thea.
»Der mit dem Chevrolet?«
Thea nickte.
»Er scheint ein ziemlicher Exot zu sein.«
»Du bist exotischer.«

»Ich dachte, du triffst ihn nicht mehr.«
»Ich habe ihn nur noch einmal in der Stadt getroffen. Deswegen schmeißt du die Posnack raus?«
»Sie ist um mein Bett getanzt und hat grausam ausgeführt, warum ich deine Untreue hinnehmen muß.«
»Ist sie dabei nicht auch noch auf einem Besen geritten?«
»Nein«, sagte Nat, »ist sie nicht. Sie hat mir nur ihre Hexenkrallen ins Herz gebohrt.«
»Du hast zu viel Mitleid mit deinem Herzen.«
»Ich bin nur überrascht, daß es noch die Krallen spürt.«
Thea schob Nats Hand weg und stand auf.
»Du wirst noch viele Stanitzkis interviewen.«
»Ja«, sagte Thea, »ich muß nur dich vorher von der Hacke kriegen.«
Nat sah sie an.
»Und daß es noch keine Hornhaut hat«, sagte er, »trotz der letzten zwei Jahre mit dir.«
»Hoffentlich finden wir schnell eine neue Putzfrau«, sagte Thea, »ich werde eine Anzeige aufgeben.«
»Die Posnack will den Kittel ersetzt haben«, sagte Nat, »er muß in der Ambulanz liegengeblieben sein.«

Nat ließ keine Gelegenheit aus, hilflos zu sein.
Er verkroch sich in der Wohnung und weigerte sich auch dann noch, wegzugehen, als die Hand nicht mehr geschient und wieder ganz gut zu gebrauchen war. Thea durfte in diesen Tagen nur wenige Schritte weit von ihm sein, und hatte sie doch mal das Haus verlassen, wurde Nat das Opfer von Widrigkeiten.
Er drehte eine zu kleine Birne in eine zu große Lampenfas-

sung und löste einen Kurzschluß aus und saß im Dunkeln, weil er nicht an den Sicherungskasten konnte.
Die Bremsen des Stuhls blockierten, als er auf der Terrasse stand, um nach Thea Ausschau zu halten, die gerade erst aus dem Haus gegangen war und sein Rufen noch hörte.
Er riß ein Bücherregal herunter, als er versuchte, an ein Buch zu kommen, das ihn kaum interessieren konnte.
»Du kannst aufstehen?« fragte Thea, als sie ihm aus den Büchern half.
»Nicht aufstehen«, sagte Nat, »nur ein Versuch, mich hochzuziehen.«
»Das ist doch dasselbe. Ich glaube, du kannst mehr, als du zugibst.«
»Da irrst du dich leider.«
»Hör auf, den Invaliden zu spielen.«
»Wie darf ich das verstehen?«
»Geh gefälligst vor die Tür«, sagte Thea, »du würdest mir damit einen wirklichen Herzenswunsch erfüllen.«
»Wünschst du dir auch noch was anderes zum Geburtstag?«
»Nein«, sagte Thea, »nur deine Abwesenheit. Wenigstens für ein paar Stunden. Fahr in die Stadt. Allein.«
»Du willst, daß ich dir eine sturmfreie Bude schenke.«
»Quatsch«, sagte Thea, »ich will, daß du dich wieder so benimmst wie vor der dummen Sache mit deiner Hand.«
»Gut«, sagte Nat, »ich gehe in die Stadt. Aber nur, wenn du in der ersten Stunde dabei bist.«

Das erste Dutzend Rosen lag vor der Tür.
Die Putzfrau fand es, als sie frühmorgens kam.

Sie war verlegen, daß ihr erster Tag in Theas Haushalt gleich mit einem Geburtstag anfing, und erst nachdem Thea ihr die Wohnung gezeigt hatte, haspelte sie einen Glückwunsch und erinnerte an die Rosen, die noch in der Diele lagen.
Das zweite Dutzend kam, als Thea und Nat am Frühstückstisch saßen und Nat die Kerzen anzündete, die in einem buntbemalten Holzkranz steckten, der auch noch ein Heiligtum aus Nats Kindheit war.
»Es fehlen noch sieben Rosen«, sagte Thea, »ich bin keine vierundzwanzig mehr.«
»Warte ab«, sagte Nat.
Bei der achten Lieferung waren es sechzehn.
»Ich bin noch keine hundert«, sagte Thea, »auch wenn ich mir so vorkomme. Was hast du vor? Willst du mich aufbahren?«
»Du neigst dazu, alles negativ auszulegen«, sagte Nat, »rote Rosen haben eine traditionelle Aussage. Ich mag Traditionen.«
»Und Klischees«, sagte Thea.
»Kann ich noch mal mit irgendwas dein Gefallen finden?«
»Ich habe meinen Wunschzettel schon letztes Jahr Januar abgegeben. Du weißt, was draufsteht.«
»Jetzt hast du erst mal hundert Rosen«, sagte Nat.

Bei Frau Liebig war es Liebe auf den ersten Blick.
Die Blumen nahmen sie dann ganz und gar für Nat ein.
»Wie in den alten Filmen«, sagte sie, »was für einen guten Mann Sie haben.«
Sie saßen am Küchentisch, und Frau Liebig strich mit ih-

ren großen Händen über das Lindenholz, als müsse sie eine rauhe Stelle glätten. Thea sah, daß sie zwei Trauringe trug.
Nat kam in die Küche und kochte Kaffee. Als er die Kanne vom Herd nahm und eine Tasse für Frau Liebig füllte, kroch ihr die Röte hoch zu den krausen Haaren.
Frau Liebig würde Nat auf Händen tragen und war auch stark genug.
»Sie ist eine liebe Bärin«, sagte Nat, als Thea und er die Post durchsahen, »hoffentlich bleibt sie.«
»Warum sollte sie nicht. Die Spuren, die du im Teppich läßt, stören Frau Liebig bestimmt nicht, solange es deine sind.«
»Das sei mir gegönnt«, sagte Nat, »schließlich habe ich monatelang dieses Ungeheuer ertragen.«
»Dein Vater hat mir geschrieben. Daß er weiß, wann ich Geburtstag habe«, sagte Thea.
»Das wundert mich auch. Ich glaube nicht, daß er weiß, daß ich geboren worden bin.«
»Wann hast du das letztemal von ihm gehört?«
»Im Mai, und da wollte er auch nur wissen, ob mit dem Wagen alles in Ordnung sei.«
»Er hat im Februar in Hamburg zu tun und bringt seine Frau mit.«
»Seine was?« fragte Nat.
»Seine Frau. Er hat geheiratet.«
»Surprise. Surprise. Das ist mein Sohn, Samantha. In den dreiunddreißig Jahren seines Lebens habe ich ihn mir schon mindestens ein dutzendmal angesehen.«
»Sie heißt Sarah«, sagte Thea.

»Sarah«, sagte Nat, »wie alt ist sie?«
»Schreibt er nicht.«
»Werde ich auch erwähnt?«
»I hope he's no headache.«
»He?« fragte Nat.
»And headache«, sagte Thea.
»I love him«, sagte Nat.

Der Jaguar sprang nicht an. Thea stieg aus und hob die Motorhaube.
»Das wird nicht helfen«, sagte Nat, »du verstehst nichts davon.«
Thea ging um das Auto herum.
»Bleiben wir hier?« fragte Nat.
»Ich hole dir nur den Stuhl heraus. Dann kannst du mit deinem Kennerauge in den Motor gucken.«
»Nein«, sagte Nat, »wahrscheinlich komme ich doch nicht dran.«
Thea warf die Tür zu und schloß auch die Haube laut und stieg ein.
»Versuche es noch mal«, sagte sie.
»Warum müssen wir an deinem Geburtstag durch die Stadt schwirren?«
»Du schwirrst allein. Das war so abgemacht.«
»Wenn du in der ersten Stunde dabei bist. Du mußt mir über die Schwelle helfen.«
»Welche Schwelle? Du kannst doch in zehn Tagen nicht verlernt haben, dich allein durch die Stadt zu bewegen.«
Nat zuckte die Achseln.
»Man hat manchmal mutlose Phasen.«

»Was hat das mit Mut zu tun?«
»Wenn du dich im letzten Jahr mehr für meinen Gemütszustand interessiert hättest, wüßtest du es.«
Nat drehte noch mal den Anlasser, doch der Motor machte nur ein kleines trockenes Geräusch.
»Wir nehmen meinen Wagen«, sagte Thea.
»Und wie komme ich wieder nach Hause?«
»Du könntest ein Taxi nehmen«, sagte Thea, »aber keine Bange. Wir vereinbaren einen Treffpunkt, und ich hole dich dort ab.«
»Was für ein Umstand. Können wir den Tag nicht netter gestalten?«
»Mach die Gestaltung mal unabhängig von mir.«
»Mit meiner Unabhängigkeit ist es vorbei«, sagte Nat.
»In der Klinik gab es eine ganze Menge Leute, die schlechter dran waren als du, und die gaben auch nicht auf, unabhängig zu sein.«
»Daran kannst du doch nicht messen, wie gut oder schlecht ich dran bin. Schau dich nachher in der Stadt um. Ich bin der einzige Mensch, der nicht ohne den Untersatz von der Stelle kommt und immer schön auf der Höhe der Hintern der anderen ist, und dieses Vergnügen verdanke ich dir.«
»Endlich ein offenes Wort.«
»Verzeih«, sagte Nat, »laß uns in die Stadt fahren. Ich lade dich noch auf einen Wein ein, und dann mache ich mich auf den Weg.«

Die Ampel sprang schon wieder auf Rot, doch Nat blieb nicht stehen. Er nahm den Bordstein zu schräg und

kippte, doch er fing sich ab und überquerte die Straße, als die Autos schon anfahren wollten.
»Der hat auch nichts dazugelernt«, sagte der Mann, der neben Thea an der Ampel stand.
Er guckte sie an und wartete auf eine Antwort.
Thea verteidigte Nat nicht. Tat nur einen Schritt vor, als wolle sie auch noch loslaufen. Der Mann schüttelte den Kopf.
Nat stand auf der anderen Straßenseite und wußte nicht, welchen Weg er nehmen sollte. Es fing an zu schneien, feuchte Flocken, die schon in der Luft schmolzen und den leichten Flanell von Nats grauem Anzug schnell durchnäßten.
Nat schauderte und schlug den Kragen hoch. Thea sah es und merkte erst in dem Moment, daß er keinen Mantel anhatte.
Eine Lungenentzündung, dachte Thea, wahrscheinlich will er eine Lungenentzündung. Er würde was daraus zu machen wissen, daß sie ihn in dem Wetter aussetzte.
Thea wollte ihn zurückrufen, als ein Lieferwagen ihr die Sicht auf Nat nahm. Der Wagen fuhr weiter, und Nat war nicht mehr da. Thea lief über die Straße. Die Ampel stand auf Rot. Autos hupten. Trotzdem nichts zu sehen von Nat. Thea war enttäuscht. Der Gedanke, ihn ins Warme zu holen, hatte ihr gutgetan. Thea lief durch die Colonnaden. Zur Oper und zurück. Als sie am Gänsemarkt ankam, sah sie den kleinen Mann. Er stand an der Bushaltestelle, und zwischen ihnen waren Autos. Der Tag der roten Ampeln.
Er hatte eine Persianerkappe auf dem Kopf, und der Kra-

gen des Fischgrätmantels stand so hoch, daß die kurze Nase nur noch knapp hervorkam.
Thea zupfte an ihren Handschuhen und wurde noch nervöser, als sie den Bus kommen sah. Der Kleine drehte sich um. Thea hob die Hand und dachte, daß er sie gesehen hatte.
Er machte den Mund auf. Der Atem lag dick und weiß in der Luft. Die Ampel sprang auf Grün, als er in den Bus stieg.
Thea lief zur Haltestelle vor. Sie nahm Nat gerade noch wahr, bevor sie den Bus erreichte.
Nat stand mitten auf dem Platz und zitterte vor Kälte.
Thea blieb stehen. Der Bus fuhr ab.

Nat hauchte in die Hände.
»Warum hast du keine Handschuhe an?« fragte Thea.
»Der Verband ist zu dick«, sagte Nat, »ich krieg' den Handschuh nicht drüber, und einer allein sieht so aus, als ob ich auch noch einen künstlichen Arm hätte.«
»Den Mantel hast du auch aus optischen Gründen weggelassen?«
»Der ist zu schwer. Da kann ich mich gar nicht mehr bewegen.«
»Wir fahren nach Hause«, sagte Thea, »es ist albern, daß ich aufpassen muß, was du anziehst.«
»Wolltest du in den Bus steigen?« fragte Nat.
Thea sah ihn an. Seine Miene war harmlos.
»Warum glaubst du das?«
»Du bist auf den Bus zugelaufen. Nicht auf mich.«
»Stehst du schon lange hier?«

»Nein«, sagte Nat, »ich habe nur einen Moment vor den Taxis gestanden und überlegt, ob ich eins nehmen soll.«
»Sahen die Fahrer nicht freundlich aus?«
»Ich wollte lieber auf dich warten. Irgendwann mußtest du ja hier ankommen.«
»Du wußtest, daß ich dich suchen würde?«
Nat nickte.
»Ich bin ja nicht warm genug angezogen«, sagte er.

»Das ist die Batterie«, sagte der Mann von der Tankstelle, den Thea am anderen Tag zu Nats Auto holte.
Er schloß das Ladegerät an.
»Das Licht hat ja auch lange genug gebrannt. Ich dachte mir schon, daß Herr Landman es vergessen hat. Ich wollte auch noch klingeln bei Ihnen. Doch es war schon ziemlich spät.«
»Wann war das?« fragte Thea.
»Muß wohl vorgestern gewesen sein.«

»Ich habe es wahrscheinlich brennen lassen, als ich vom Blumenladen kam«, sagte Nat.
»Du hast mir doch erzählt, du hättest die Bestellung telefonisch aufgegeben.«
»Sie wollten es nicht auf Rechnung machen. So gute Kunden sind wir da ja nicht.«
Thea ging zu Nats Schreibtisch und nahm die Post, die sie eben mit nach oben gebracht hatte. Sie gab ihm den Brief mit dem Aufdruck des Blumenladens.
»Das ist die Rechnung, nehme ich an.«
Nat riß den Umschlag auf.

»Du hast recht.«
»Ruf an und sag ihnen, daß die Rosen schon bezahlt sind.«
»Nein«, sagte Nat, »sind sie nicht. Ich habe gelogen.«
»Mal wieder.«
»Ich dachte, du würdest die Idee, mich in der Stadt auszusetzen, fallenlassen, wenn der Wagen streikt.«
»Darum hast du die Lampen nicht ausgeschaltet?«
»Darum habe ich sie eingeschaltet. Ich bin nicht gefahren.«
»Es ist erstaunlich, was du für eine Energie entwickeln kannst, wenn es gilt, meine Pläne zu durchkreuzen.«
»Angst ist eine gute Energiequelle«, sagte Nat.
»Angst?«
»Vor der Verlegenheit.«
»Du läßt die Batterie in deinem Auto leerbrennen aus Angst vor Verlegenheit?«
»Versteh mich doch.«
»Was macht dich verlegen? Wenn du jemanden um Hilfe fragen mußt?«
»Die Verlegenheit der anderen ist schlimmer«, sagte Nat.
»Du schwebtest immer schon zwischen Menschenscheu und Zirkusaffe.«
»Ich weiß wirklich nicht, warum du dich für den sensibleren Teil von uns beiden hältst«, sagte Nat, »denk mal daran, was heute für ein Tag ist, bevor du mit dem großen Hammer kommst.«
»O nein«, sagte Thea, »ich kenne deine Vorliebe für Jahrestage. Aber den bitte nicht.«
»Am schlimmsten ist die Angst, daß du abhaust.«

»Du bist dir doch meiner so sicher.«
»Meine Gedanken kreisen nur darum, wie ich dich von der Tür fernhalten kann.«
»Wenn du dich nicht immer davorgeworfen hättest, wären unsere Chancen größer gewesen.«
»Wenn ich ein anderer wäre«, sagte Nat, »einer, der loslaufen kann und eigene Wege gehen.«
»Man muß nicht loslaufen können, um eigene Wege zu gehen. Die bist du nie gegangen.«
»Doch«, sagte Nat, »einen ziemlich dunklen, und den habe ich auch noch für dich genommen.«
»Sprich dich aus, wenn du ein Geheimnis hast«, sagte Thea, »das könnte dich spannender machen.«
Nat sagte nichts. Er senkte den Kopf und schaute auf seine Hose und fing an, den Daumennagel durch die Rillen der Cordhose zu ziehen.
»Willst du einen Whisky?« fragte Thea.
»Es ist noch nicht mal Mittag«, sagte Nat.
»Du inszenierst dich heute tatsächlich neu«, sagte Thea.
»Wäre das Zusammensein mit mir spannender, wenn ich wieder durch die Gegend springen könnte?«
»Der einzige Grund, warum ich noch hier bin, ist, daß du es nicht mehr kannst und ich schuld daran habe«, sagte Thea und hatte schon im nächsten Moment das Gefühl, einen großen Fehler gemacht zu haben. »Was ist das überhaupt für eine seltsame Frage.«
»Heute nacht habe ich geträumt, daß du die Decke hochgeschlagen und mir deinen spitzen Daumennagel in die Hüfte gebohrt hättest.«
Thea schaute ihre Nägel an, die alle kurzgeschnitten wa-

ren und stumpf. Nat irrte sich. Sie hatte es mit dem Stiel ihres Kammes getan, der noch in der Tasche ihres Bademantels gewesen war. »Hast du das gespürt?«
»Ich habe es geträumt«, sagte Nat.
»Die Stelle lag unterhalb des vierten Wirbels.«
»Ich habe es nicht gespürt«, sagte Nat gereizt, »ich war wach, weil ich darauf gewartet habe, daß du endlich ins Bett kommst.«
»Dann hättest du doch mitkriegen müssen, daß ich einen Kamm in der Hand hatte.«
»Ich habe die Augen schnell geschlossen, um mitzukriegen, was du vorhattest. Du schnappst allmählich über.«
»Ein Gefangenensyndrom«, sagte Thea.
»Du traust mir zu, daß ich dir und mir eine Farce antue, um dich mitsamt deinem Gewissen an mich zu fesseln?«
»Ja«, sagte Thea, »das traue ich dir zu.«
»Traue mir zu, daß ich mich nicht vor die Tür, sondern in den nächsten Abgrund werfe, wenn du dich davonmachst.«
»Drohst du mir mit Selbstmord?«
»Ja«, sagte Nat.
»Du weißt, daß ich da empfindlich bin.«
»Ja«, sagte Nat.
»Ich lege lieber selbst Hand an dich, statt mit deinen Drohungen zu leben.«
»Was soll das heißen?« fragte Nat.
»Hüte dich vor Abgründen«, sagte Thea.

Es war Thea, die in dieser Nacht nah sein wollte. Als hätte sie zu harte Worte gemacht. Nat nahm ihre Nähe dankbar

an. Thea streichelte Nats mageren Körper, und als sie sich auf ihn legte, stießen ihre Beckenknochen an seine.
»Sag mir, daß ich in dir bin«, sagte Nat.
»Du spürst nichts?«
»Nein«, sagte Nat.
»Und die Erektion?«
»Dank deiner Hände«, sagte Nat, »ich genieße deine Sanftheit. Sie läßt mich hoffen, daß du mich nicht mordest.«
»Ein Trugschluß«, sagte Thea, »Mord und Liebe leben miteinander.«
»Hast du Liebe gesagt?«
»Nein«, sagte Thea.

Thea blieb noch lange wach. Sie lag mit aufgestützten Armen und sah Nat zu, der schlaftrunken den Versuch aufgab, sich auf den Bauch zu legen. Die einzige Lage, in der er gut schlief. Doch er atmete wieder ganz ruhig, als Thea sich zum Schlafen zusammenrollte. Mit dem Rücken zu Nat. Die Knie ans Kinn gezogen. Erst als sie eingeschlafen war, drehte Nat sich um.

Nat suchte nach den Rasierklingen, als sein Blick auf die kleine silberfarbene Schablone fiel.
»Du nimmst die Pille? Doch nicht wegen mir.«
»Du meinst, das lohnt nicht?«
»Ich meine, daß es schön wäre, wenn du schwanger würdest.«
»Ich will kein Kind von dir«, sagte Thea, »das haben wir schon in besseren Zeiten zur Genüge diskutiert.«

Sie ließ den Fön laufen.
»Ich will«, sagte Nat laut in den Lärm, »Wunder dürfen nicht ignoriert werden.«
»Dann such dir eine Mutter«, sagte Thea.
»Was hast du gegen Kinder?« fragte Nat. »Du hast dich immer schon so damit angestellt.«
»Dann respektiere das, und rasiere dir den Schaum aus dem Gesicht.«
»Schalte den Fön aus, und laß uns darüber reden«, sagte Nat.
Er legte eine Klinge in den Apparat und fing an, sich zu rasieren.
»Ich habe es satt, daß du dir entweder die Haare wäschst oder trocknest, wenn ich was Wichtiges mit dir zu besprechen habe.«
»Warum willst du das auch immer im Badezimmer?« fragte Thea.
»Da läufst du mir nicht so schnell weg«, sagte Nat, »dein Haar ist schon längst trocken. Du hast ja inzwischen auch kürzeres als ich.«
»Gefällt dir das nicht?«
»Doch«, sagte Nat, »was soll es auch. Wenn ich den Wunsch äußern würde, daß du es wieder länger trägst, würdest du dir einen Igel schneiden lassen.«
Thea stellte den Fön ab und setzte sich auf den Rand der Badewanne.
»Was ist so schrecklich an Kindern?« fragte Nat.
»Die Eltern«, sagte Thea.
»Was hat dir die gute Gloria nur getan.«
Thea stand auf und stellte sich neben ihn vor den Spiegel.

Nat nahm den letzten Schaum mit dem Handtuch weg.
»Ich habe keine Lust, darüber zu reden«, sagte Thea, »ich lade mir keine kleinen Biester auf. Deine schon gar nicht.«
»Eben hatten die Eltern noch deine Antipathie.«
»Kinder von uns beiden würden Biester werden. Wir wären schreckliche Eltern.«
»Glaub' ich nicht. Ich hätte das Kind den ganzen Tag auf dem Schoß.«
»Schaff dir eine Katze an, oder spiel mit deiner Puppe.«
»Ich hatte mal eine Katze«, sagte Nat, »doch ich durfte sie nicht behalten, weil sie haarte.«
»Das tun Katzen nun mal.«
»Louise kümmerte es einen Kehricht, was Katzen und Kinder nun mal tun. Leg die Klingen in das untere Fach. An die anderen komme ich nicht ran.«
»Entschuldige«, sagte Thea, »dein Sturm auf Louises Denkmal erschüttert mich so.«
»Es geht mir zu schlecht, um länger Mitleid mit ihr zu haben.«
Thea legte die Schachtel mit den Rasierklingen in das untere Fach des Schränkchens und holte einen Lippenstift heraus.
»Warum Mitleid?« fragte sie. »Weil sie jung sterben mußte?«
»Ist zweiundsechzig jung?«
»Ja«, sagte Thea.
Sie drehte den Stift aus der Messinghülse und schminkte den Mund mit dem Rot, das Private Paradise hieß.
»Du nimmst Lippenstift?« fragte Nat.
»Ich lechze nach Veränderung«, sagte Thea.

Sie schmollte die Lippen und leckte mit der Zunge über die Zähne.
»Sieht aus wie eine Wunde«, sagte Nat.

Die Dame nannte den Namen einer Anwaltskanzlei und fragte nach einem Termin für Herrn Nathaniel Landman. Thea legte die Hand auf die Telefonmuschel und gab die Frage an Nat weiter.
Nat sagte, Herr Landman solle selbst anrufen oder sich zum Teufel scheren. Thea schlug der Dame den nächsten Nachmittag vor. Die Dame wollte es Herrn Landman weitergeben.
»Ist er schon in Hamburg?« fragte Nat.
»Hörte sich so an, als ob er schon vor dem Schreibtisch seines Herrn Kollegen sitzt.«
Nat gelang es, noch eine Weile gelassen zu wirken. Doch dann gab er der Nervosität nach.
Er nahm den Silberrahmen vom Kaminsims und legte Louises Foto in die Schublade. Er holte die Puppe vom Bartisch und steckte sie in einen Schrank. Er nahm die Noten vom Klavier und packte Literatur auf die leichte Lektüre, die sich neben seiner Schreibmaschine stapelte. Er schlug den Wirtschaftsteil der New York Times auf, die zu Theas Kontakten zur Außenwelt zählte, und deckte damit den Schreibtisch zu. Er zog die Zeitung wieder weg, weil Thea lachte.
»Das glaubt er dir nie«, sagte sie.
»Nein«, sagte Nat.
»Joyce ist schon übersetzt. Nimm ihn von deinem Stapel.«

»Er muß nicht sehen, daß ich schwachsinnige Bücher übersetze.«
»Der Titel sagt ihm doch nichts, und außerdem ist es ganz egal. Er nimmt dich so oder so nicht ernst.«
»Nein«, sagte Nat, »da ich noch nicht einen Hasen geschossen habe und keine hundert Frauen hingelegt und an keinem Krieg teilgenommen.«
»Er ist auch nur Anwalt und nicht Hemingway.«
»Wahrscheinlich denkt er, ich sollte mich erschießen. Er hält schon Kurzsichtigkeit für ein schweres Handicap.«
Stupid, hatte Nats Vater damals am Telefon gesagt.
Thea hörte noch den verächtlichen Ton.
That's a stupid thing.
Nichts anderes traute er seinem Sohn zu.
Töricht, Seil zu tanzen und zu stürzen und neben dem Netz zu landen. Ihn interessierte nicht, daß Thea am Steuer gesessen hatte. Er machte ihr auch keinen Vorwurf. Solange sie die Last der Sorge trug. Thea hatte den Hörer geschüttelt und gehofft, noch einen netten Satz herauszuholen, den sie Nat auf die Decke legen konnte.
Doch das Gespräch war unterbrochen worden, Nathaniel Landman danach nicht mehr erreichbar gewesen.
Thea legte Nat Lügen hin. Gerade so groß, daß er sie noch glaubte. Nat wußte, was er erwarten durfte. Trotzdem war er enttäuscht, daß nur der Scheck für einen neuen Jaguar kam. Der dritte, den Nathaniel Landman seinem Sohn schenkte. Dazu ein paar Zeilen mit der Order, sich nicht leid zu tun.
»Könnte doch sein, daß die Frau ihn milder macht«, sagte Thea.

»Könnte sein«, sagte Nat und zog seinen Daumen hart über die Seiten des Paperbacks, als übe er einen Kartentrick.
»Haben wir denn die deutsche Ausgabe von den Dubliners?« fragte er.
»Leg das Buch meinetwegen wieder auf den Stapel und tu, als ob du an einer arbeitest, aber laß es nicht aus dem Leim gehen.«
»Und wenn schon«, sagte Nat.
Doch er legte den Joyce zurück und verdeckte mit ihm den Deckel eines Buches, das Buddy Brickstone's Dream hieß und sich beim Übersetzen nicht ganz als die neue englische Literatur herausstellte, für die der Verlag es halten wollte.
»Nach der Trennung von Louise liebte er eine Tiger-Lily«, sagte Nat, »die platzte mal herein, als ich meine Besuchsstunde bei ihm hatte. Feuerrotes Haar und ein knallenges Kleid. Tigerstreifen. Es roch wie die Chintzvorhänge in Mimis Zimmer. An den Absätzen ihrer Schuhe hättest du Kebab braten können. Sie war eigentlich ganz nett. Sie faßte mir nicht unters Kinn, wie es die Bekannten meiner Mutter taten, und fragte auch nicht, ob ich eigentlich wüßte, wie gut ich es habe. Ich hätte Louise nur keine so ausführliche Beschreibung von Lily liefern sollen.«
»Nat, das Luder«, sagte Thea.
Nat lachte.
»Sich schlechten Geschmacks schuldig zu machen. Shokking. Schlimmer als die Scheidung.«
»Das glaube ich nicht«, sagte Thea.
»Nein«, sagte Nat, »das stimmt auch nicht. Heute denke

ich, daß meine Mutter dreiundzwanzig Jahre darauf gehofft hat, ihm großzügig verzeihen zu dürfen.«
»Hol ihr Bild aus der Schublade«, sagte Thea.
Nat schüttelte den Kopf.
»Vielleicht hat er Louises Gesicht vergessen«, sagte er, »dann fällt ihm nicht auf, daß ich aussehe wie sie.«

Sarah war zu verlegen, um ihrer Aufmachung gerecht zu werden. Ihr schwarzgeschminkter Mund stand offen, doch es kam kein Wort.
»I'm the son«, sagte Nat.
Sarah nickte und griff in ihr schwarzes Haar, das aussah, als spüle sie es täglich mit schwarzem Hochglanzlack. An ihrem linken Ohr hing ein Davidstern, die kühn geschwungene Kreation eines Silberschmieds, der Miró im Sinn gehabt haben mußte. Ein ähnliches Schmuckstück, ein dicker silberner Klecks, steckte an der Schleife des schwarzen Kleides, das Sarah kimonoartig um den schmalen Körper geschlungen hatte. Der kleine Bauch wäre verborgen geblieben, wenn nicht ihre Hand daraufgelegen hätte.
Thea sah in das herzrunde Gesicht, das ein kalkiger Fleck in all dem Schwarz war, und dachte, daß Sarah vermutlich erst im Taxi von einem Sohn gehört hatte, der älter war als sie.
Sarahs Blick ging vom Vater zum Sohn. Die Verschiedenheit schien ihr verdächtig zu sein. Dabei stellte Thea das erstemal eine Ähnlichkeit bei den beiden fest, als Nathaniel Landman die Brauen hochzog und Nat betrachtete.
»Sit down«, sagte Nat.

Nur Sarah setzte sich. Nats Vater stand mit steifem Kreuz und langem Hals und nahm die Schultern noch mehr zurück, als müsse er seine ein Meter achtzig strecken und ein paar Zentimeter zulegen. Nat hatte die gleiche Größe. Er haßte es, hochzugucken.
»Sit down«, sagte er noch einmal.
Nathaniel Landman streichelte den schmalen Schnurrbart, der keine Spur von Grau zeigte, und sah auf seinen Sohn herab.
»That's a drag«, sagte er.
Thea knallte das Tablett mit dem Teeservice hart auf den Tisch. Die silberne Zange löste sich vom Knauf der Zukkerdose und landete klirrend in einer der Tassen.
»What's a drag?« fragte sie und wußte schon, was Nathaniel Landman eine ermüdende Sache nannte.
Er drehte sich zu ihr um und sah auf das Tablett.
»Nat's situation«, sagte er.
»Hat er das Gewehr nicht dabei?» fragte Nat.
Es deprimierte ihn schon in dem Moment, daß er nicht mutig genug war, es auf englisch zu sagen.
Thea beschloß, sich nicht lange mit Tee aufzuhalten, sondern sofort den Whisky anzubieten.
»Oh yes«, sagte Sarah, als sie die Whiskyflasche sah. Es war das erste, was sie sagte. Thea maß dem Bedeutung bei. Sie schenkte doppelte Whiskys ein und hob das Glas. Das Cheers wurde nicht erwidert.
Sarah nahm einen tiefen Schluck und sah Nat an.
»I like the black wheel-chair«, sagte sie, »it suits you.«
Nat zog die Augenbrauen noch höher, als sein Vater sie gezogen hatte, und musterte Sarah.

»I'm glad you like it«, sagte er.
»I hope the baby is not black«, sagte Nathaniel Landman.
Sarah sah ihn wütend an.
Thea nahm die Flasche und füllte die Gläser noch einmal.

»Denkst du, das Kind ist nicht von ihm?« fragte Nat.
»Ich denke, daß dein Vater ein verdammter Zyniker ist.«
»Sarah steht ihm nicht viel nach. Ihr Kompliment hatte mir gerade noch gefehlt.«
»Sie wollte was Nettes sagen.«
»Das ist alles, was sich Nettes zu mir sagen läßt?«
»Reg dich nicht auf. Sie ist verrückt nach Schwarz.«
»Ja«, sagte Nat, »und wenn das Kind nun doch nicht von ihm ist?«
He is longing for a son, hatte Sarah gesagt.
»Das wäre eine Freude nach all den Mädchen«, sagte Nat.
»Was?« fragte Thea.
»Sarah sagte, daß er sich einen Sohn wünscht«, sagte Nat, »wenn sie weiter so Whisky trinkt, wird es ein froher Knabe sein.«
»Wie sein großer Bruder«, sagte Thea.
Sie nahm Nats Glas und stellte es zu den anderen auf das Tablett. Als sie es hochnahm, um in die Küche zu gehen, hielt Nat sie am Pullover fest.
»Setz dich und harre einen Augenblick aus. Ich muß das den ganzen Tag lang tun.«
Thea stellte das Tablett zurück auf den Tisch und setzte sich auf die Seitenlehne des Sofas.
»Sei nur auf dem Sprung«, sagte Nat, »nutze deinen Vorteil.«

»Was soll das?«
»Ihr nehmt mich alle nicht ernst. Mein Vater tut, als hätte ich mir absichtlich die Knochen gebrochen, um mich vor irgendeinem Kampf zu drücken. Seine Gattin richtet ein einziges Mal das Wort an mich und erwähnt den Stuhl, als säße ich nur aus dekorativen Gründen drin, und du.«
»Und ich?« fragte Thea.
»Ich finde mich tapfer«, sagte Nat, »ich heule dir nichts vor. Ich habe nicht mal dem lieben Gott eine Szene gemacht und eine Erklärung verlangt, warum das mir passieren mußte. Darf ich denn nichts von euch erwarten?«
Nat ließ den Satz in der Luft hängen.
»Sprich doch deine Sätze zu Ende«, sagte Thea.
»Ich stocke nur, weil ich dir die erschütternde Frage stellen will, warum du mich verdammt noch mal nicht mehr liebst.«
»Du kriegst die Themen durcheinander«, sagte Thea.
»Nein«, sagte Nat.
»Dein Vater hat mir erzählt, daß du als Kind immer krank geworden bist, wenn du deinen Willen durchsetzen wolltest. Deine Mutter hat ihn dann herbeizitiert, um mit ihm an deinem Bett zu wachen.«
»Das war wohl mehr meine Mutter, die da Druck ausüben wollte. Ich war nur das Werkzeug.«
»Ein williges, und gelernt hast du dabei auch was.«
»Hör auf«, sagte Nat.
»Ich habe den Kleinen wiedergesehen.«
Thea hatte keine Ahnung, warum sie das sagte.
Nat sah auf.
»Den Kleinen?« fragte er.

»Den aus der Kirche.«
»Du hast ihn getroffen?«
»Wir standen zufällig zusammen an einer Bushaltestelle«, sagte Thea und überlegte, ob Nat den Kleinen auch gesehen haben konnte.
»Hast du mit ihm gesprochen?«
Thea sah, daß Nat seine Fingernägel in die Handballen bohrte. Seine Knöchel wurden ganz weiß.
»Ja«, sagte sie.
»Was hat er gesagt?«
»Der Rollstuhl hat ihn irritiert.«
»Hat er mich denn vorher gekannt?«
»Er hat dich im Dezember gesehen.«
»Welchen Dezember?« fragte Nat.
»Den vor sechs Wochen.«
»Und da bin ich ihm über den Weg gelaufen?«
»Ja«, sagte Thea.
»Gelaufen?«
»So habe ich ihn verstanden«, sagte Thea und dachte, daß sie den Verstand verloren hatte. Sie wußte selber nicht, auf was sie hinauswollte.
»Völliger Quatsch«, sagte Nat, »er verwechselt mich.«
»Warum krampfst du deine Hände so zusammen?« fragte Thea.
Nat sah auf seine Hände und öffnete sie.
»Weil mich die Gespräche mit dir fertigmachen«, sagte er.
Thea stand auf und nahm das Tablett und stellte auch noch die leere Whiskyflasche darauf.
»Wo will er mich denn überhaupt gesehen haben?«
Thea zögerte.

»Es war keine Zeit für große Gespräche«, sagte sie schließlich, »aber ich habe seine Telefonnummer.«
Als sie hinausging, fing Nat an zu weinen. Thea hörte es noch in der Küche, als sie die Tassen in die Spülmaschine stellte. Sie hatte in den letzten Tagen nicht mehr an den Kleinen gedacht. Sie hatte überhaupt nicht mehr an ihn denken wollen. Nats Heulerei machte ihn wieder wichtig. Thea schaute in den Geschirrspüler, in dem jetzt nur die Tassen und die kleinen Teller waren und die Teelöffel. Sie stellte noch die Gläser dazu, die nicht hineingehörten, weil sie die Hitze nicht vertrugen. Sie schaltete die Maschine ein. Trotzdem hörte sie Nat.
»Trockne deine Tränen«, sagte Thea, als sie wieder ins Zimmer kam.
Nat legte den Kopf in den Nacken, um die Tränen am Laufen zu hindern. Doch sein Gesicht war schon naß.
»Du siehst sonst nur verheult aus, und das junge Paar hat einen Anlaß für dämliche Kommentare.«
»Ich habe keine Lust, mit ihm und Sarah essen zu gehen.«
»Nimm dich zusammen«, sagte Thea.
»Nein«, sagte Nat.
»Dann gebe ich das elende Zusammennehmen auch auf.«
»Immer muß ich Erwartungen erfüllen«, sagte Nat.
»Erzähl mir lieber, was der Kleine von dir wissen kann.«
»Keine Ahnung. Ich vermute, daß es Anmache ist. Er spürt, daß er mich bei dir verdächtig machen muß, um an dich ranzukommen. Da bist du empfänglich.«
»Das kann es nicht sein. Ich bin der Typ von überspannten Engländern«, sagte Thea, »nicht von kleinen Männern in großen Fischgrätmänteln.«

Sie setzte sich wieder auf die Lehne des Sofas. Sie schlug die Beine übereinander und wippte mit dem linken Fuß.
»Du hast neue Schuhe.«
»Ja«, sagte Thea.
Der lila Wildlederschuh löste sich und fiel herunter.
»Lieben Sie auch immer Juden?« fragte Thea.
»Was?« fragte Nat.
»Alma Mahler hat das gesagt. Als Gustav Mahler kam oder Franz Werfel.«
»Liebst du mich deswegen?«
»Hör auf, Fangfragen über die Liebe zu stellen.«
»Wann sollen wir im Restaurant sein?« fragte Nat.

Nat unterschrieb die Verzichterklärung auf das väterliche Erbe zum Dessert, das er nicht genommen hatte.
Thea legte den Löffel in die Vanillecreme und sah Sarah an, die das Papier gegen das Licht hielt und auf die Unterschrift guckte, als glaubte sie, Nat habe mit einer Geheimtinte geschrieben, die gleich verschwinden könnte.
Nat sah den Tintenfleck an, den sein alter Füllfederhalter am Mittelfinger seiner rechten Hand gelassen hatte. Nathaniel Landman aß sein Sorbet und schien nichts zu tun zu haben mit der Aktion, die Nat einige hunderttausend Pfund kostete. Es schmerzte Nat nicht sehr. Er hatte das Geld der Feingolds geerbt und konnte gut leben. Sollten Sarah und ihr Kind das Geld seines Vaters haben.
»Be a better father to the new child«, sagte Nat.
Nathaniel Landman nahm den letzten Löffel und ließ die puderzuckerige Pfefferminze liegen. Er antwortete nicht.
Nat tauschte einen Blick mit Thea, und Thea stand auf, um

den Rollstuhl zu holen, der in einer Ecke stand, als gehöre er nicht zu Nat und diesem Tisch. Nathaniel Landman hatte darauf gedrungen, daß sich Nat auf einen der Chromstühle mit weißem Kunststoffgeflecht setzte.
Er wandte den Kopf ab, während Nat den Sitz wechselte. Die Sekunden, die Nat sich nahm, waren ihm schon zu viele, obwohl keiner aufmerksam wurde.
»Tell the people that I took part in the Falklands«, sagte Nat. Sein Vater sah ihn drohend an. Nat dachte, daß er das wahrscheinlich für eine Kränkung der Falklandkrieger hielt.
»Take it«, sagte Sarah und wedelte mit dem Papier in der Luft, als habe sie einen Kranich gefaltet.
Nathaniel Landman nahm es ihr aus der Hand und knickte es ein paarmal, bis ein ganz kleines Format daraus geworden war.
Der Londoner Notar, dem Nats Erklärung vorgelegt werden sollte, würde sie für die Glücksbotschaft in einem chinesischen Neujahrscracker halten.
»Das kann nicht genügen«, sagte Thea, »der Notar läßt dich sicher noch antanzen.«
Nat nickte. Er sah zu seinem Vater, der nach vorn geneigt saß und Sarahs getuschelten Sätzen lauschte.
»Keine Sorge«, sagte Nat, »seine Konzepte sind von gnadenloser Konsequenz. Erst die Enterbung, und dann streicht er mich aus dem Adreßbuch und Tage später aus dem Gedächtnis.«
»Und zuletzt zerfetzt er das Foto des Jaguars«, sagte Thea. Die Aufnahme des alten Mk2, den Nat schon in London gefahren hatte, war aus Landmans krokodillederner Brief-

tasche gefallen, als er die vorbereitete Erklärung herausholte. Nat hatte kurz draufgeschaut und dann die Halogenlampen an der Decke betrachtet, die ihn nicht die Bohne interessierten.
Doch Thea hatte auf das Bild gestarrt und den Blick nicht abwenden können. Nur sie erinnerte sich an den Jaguar, wie er mitten auf der Straße stand, mit aufgerissenem Blech.
»That's a pity.«
In Nathaniel Landmans Stimme hatte Trauer um die silberlackierte Limousine geschwungen.
»The best car you ever had.«
Doch Nat hatte das beste Auto nicht beachten wollen. Er war erst wieder aufmerksam gewesen, als Sarah sagte, daß sein Vater nur zwei Bilder in der Brieftasche habe. Von Sarah und vom Jaguar.
»Ich kann mich nicht erinnern, daß er dieses Bild gemacht hat«, sagte Nat und nahm sich die Erdbeere, die noch neben Theas Vanillecreme lag.
»Wann hat er dir den Wagen geschenkt?« fragte Thea.
»Nachdem ich ihm von Louises Leukämie erzählt hatte«, sagte er, »ich hatte ihn schon drei Jahre, als ich dich traf.«
»Um dich zu trösten?«
Nathaniel Landman schaute auf. Sarahs Tuschelei interessierte ihn nicht länger. Er zog an dem Knoten der schwarzen Krawatte, die seinem dunkelkarierten Jackett eine zu große Feierlichkeit gab, und drehte sich nach dem Kellner um.
»Bestechung«, sagte Nat, »ich sollte ihm Louise und ihr Leiden vom Hals halten.«

»Hast du es getan?«
»Ich habe mir keine besondere Mühe gegeben.«
»Hatte er immer schon schwarze Krawatten?«
Nat nickte.
»Ton in Ton mit dem gefärbten Schnurrbart«, sagte er, »darauf fliegt sie sicher. Alles schwarz.«
»Er hat den englischen Charme«, sagte Thea, »die Arroganz der Augenbrauen. Dagegen sind auch die einheimischen Frauen nicht gefeit.«
Nat zog die Brauen hoch.
»Laß es«, sagte Thea.
»Sie tun es von selbst«, sagte Nat.
»Gib zu, daß du schon als Kleinkind vor dem Spiegel gestanden und geübt hast.«
»Im Gegenteil. Ich versuchte es zu vermeiden. Louise haßte die einzige Ähnlichkeit, die ich mit meinem Vater habe.«
Die neuerliche Nennung des Namens Louise lenkte Landmans Interesse auf Nat. Er schnitt mit der flachen Hand durch die Luft, um Sarah zu unterbrechen. Sarah schien die Geste zu kennen. Sie schwieg. Auf ihrem Gesicht lag die Verlegenheit, die sie in der ersten Stunde gehabt hatte.
»Die Feingolds«, sagte Nat, »nannten ihn Louises Knaben. Sieben Jahre jünger. Sie nahmen ihn nie ernst. Vielleicht tut es ihm gut, jetzt den alten Tyrannen zu spielen.«
»English is the language«, sagte Landman.
»The Feingolds«, sagte Nat, »they never liked you.«
»Eine grobe Übersetzung«, sagte Thea.
Nat zuckte die Achseln.
»You are not a Landman.«

»Ich sagte es doch«, sagte Nat, »seine Konzepte sind von gnadenloser Konsequenz. Nachher zweifelt er noch die Vaterschaft an.«
»I'd like you to change your name«, sagte Landman.
»I ought to change much more«, sagte Nat.
»There is a clinic in Scotland. They try to cure it.«
Nat war verwirrt von der Wende des Gesprächs. Er staunte noch seinem Satz nach und kapierte nicht gleich, wovon Landman sprach.
»No one can cure it«, sagte er mit Verzögerung.
»They can.«
»Who said so?«
»A doctor.«
»Not old Love?«
Nat legte alle Skepsis in seine Stimme.
»Love«, sagte sein Vater.
»He is in his nineties.«
»He isn't nuts.«
»No one can cure it.«
Nat sagte es so eindringlich, als wolle er sich gegen einen Angriff wehren. Doch Landman schien schon die Lust verloren zu haben an Nats Heilung. Er hob die Hand und holte den Kellner herbei.
Thea suchte nach ihrer Tasche und sah sie unter dem Tisch stehen.
»Laß ihn zahlen«, sagte Nat, »das ist seine letzte Investition in uns.«
Landman legte eine Kreditkarte auf die Rechnung und guckte Nat an.
»You like your situation.«

»Ich genieße sie«, sagte Nat, »die Süße des Unvermögens. Ich sitze und Thea sorgt.«
Er hörte sich selbst nicht zu. Es fiel ihm nicht mal auf, daß er deutsch gesprochen hatte. Er sah auch Theas Gesicht nicht.
»That's the punishment«, sagte Landman, der Nat nicht verstanden hatte, »Love said so.«
»Strafe für was?« fragte Thea.
»Das ist lächerlich«, sagte Nat.
Thea stand auf und steuerte das Chromobjekt an, das als Kleiderstange diente. Der Boden schien nicht fest unter ihren Füßen, dabei hatten sie nur eine Flasche Wein getrunken, und die Whiskys waren lange her.
»Leave him«, sagte Landman neben ihr.
Er nahm Thea den Mantel aus der Hand, den sie gerade vom Haken genommen hatte, und hielt ihn ihr hin. Thea fand den Ärmel nicht.
»Sarah is tired«, sagte sie, um irgendwas zu sagen. Er hatte sie erschreckt.
»Sarah is twenty-two.«
Landmans Ton schloß Müdigkeit bei einer Zweiundzwanzigjährigen aus.
»Leave him.«
Das Echo, dachte Thea und drehte sich um. Nat stand nicht in Hörnähe, doch er sah sie und seinen Vater so konzentriert an, daß er ihnen vermutlich von den Lippen las.
»Nat is a liar«, sagte Landman.
Nat, der Lügner. Das dachte sie lange schon.
Thea nahm Nats Trench, den Nat doch nie anzog, nur, zu einem Päckchen gefaltet, auf den Schoß legte.

Ein Fallschirm für den äußersten Fall.
»Zieh ihn an«, sagte sie, »der Regen fällt in so dicken Tropfen, daß du sonst blaue Flecken bekommst.«
»Mäntel stehen mir nicht mehr«, sagte Nat, »du kannst ja deinen Schirm über mich halten.«
»Du sitzt und ich sorge.«
Nats Nicken deutete an, daß er gehört hatte. Doch er nahm die Spitze nicht auf.
»Das Taxi soll kommen«, sagte er, »ich kann den Abschiedsschmerz nicht länger ertragen.«
»Du hast vergessen, Spott in deine Stimme zu legen.«
»Vermißt du deinen Vater nicht?«
»Lenk dein Interesse lieber auf deinen. Sonst vergißt er noch, sich zu verabschieden.«
»Ich habe nur noch dich«, sagte Nat.
»Geh mir nicht auf die Nerven«, sagte Thea.
»Du hast mich und Gloria.«
»Ein wirklich guter Augenblick für eine Bestandsaufnahme.«
»Ich will wissen, wen du sonst noch hast.«
»You always talk German«, sagte Sarah.
Der hohe Pelzkragen ihrer schwarzen Stoffjacke verdeckte ihr Gesicht halb und dämpfte ihre Stimme, doch der Vorwurf war deutlich.
»The Feingolds came from Germany«, sagte Nathaniel Landman.
»Two hundred years ago«, sagte Nat.
»Anyway, you found your country.«
Thea hörte den Diesel des Taxis, noch ehe sich die Tür öffnete.

»Das Taxi«, sagte Nat und nickte dem Mann zu, der in der Tür stand und sie mit säuerlicher Miene ansah.
»Sie hätten anmelden müssen, daß das eine Behindertenfahrt ist«, sagte der Mann.
»Nur der Herr und die Dame«, sagte Nat.
Landman nahm Sarahs Arm und schob sie hinaus.
»Spannst du den Schirm auf?« fragte Nat.
»Nein«, sagte Thea.
Sarah setzte sich sofort ins Taxi. Es regnete ihr zu stark für einen Abschied. Nats Vater streckte die Hand aus.
»You'll hear from me«, sagte er.
Nat nahm die Hand und hielt sie länger, als es Landman gefiel.
Er zog die Hand zurück und ging zum Taxi.
»Ich bin der einsamste Mensch auf der Welt«, sagte Nat, als das Taxi anfuhr. Er sah müde aus. Viel müder als Sarah.

Das linke Blatt schmierte und schob die Tropfen nicht weg, die noch immer in die Bahn des Scheibenwischers liefen, obwohl es zu regnen aufgehört hatte. Nat schaltete eine schnellere Stufe ein. Die Sicht besserte sich nicht.
»Laß endlich den Motor an«, sagte Thea.
»Daß du blind fährst, ist bekannt.«
Thea sagte nichts darauf. Sie klopfte an die Windschutzscheibe und brachte einen großen Tropfen zum Laufen.
»Schnall dich an«, sagte Nat.
»Dann fahr los.«
»Mir fehlt die Rechtssteuerung. Auf deiner Seite ist die Scheibe trocken.«

Thea dachte an das Foto des Mk2 aus Landmans Brieftasche und an das Auto, das von links in ihn hineingefahren war.
»Sie sind vierzig Jahre auseinander«, sagte sie.
»Sarah ist erst zweiundzwanzig?«
»Ja.«
»Was hat er an der Garderobe gewollt? Er preschte hinter dir her, als ob es um Himmel und Hölle ginge.«
»Er wollte nur Sarahs Mantel holen.«
»Du lügst«, sagte Nat.
»Ja«, sagte Thea und dachte darüber nach, warum Landman sie aufgefordert hatte, Nat zu verlassen. Nat ohne Sorgerin konnte nicht sein Interesse sein.
Nat ließ den Motor an. Er hängte sich so dicht vor das Lenkrad, daß er es mit der Brust berührte.
»Siehst du so besser?«
Nat nahm eine normalere Haltung an und sah in den Spiegel.
»Hinten ist auch alles zu.«
»Du hast genug Platz, um aus der Lücke zu kommen.«
»Ein Glück, daß ich eine Frau habe, die durch vollgeregnete Scheiben gucken kann und keine Scheu hat, Lügen einzugestehen.«
»Wer ist Love?« fragte Thea.
Nat setzte zurück und fuhr das Auto aus der Lücke.
»Hat er mich einen Versager genannt?«
»Dein Vater?«
»Natürlich mein Vater.«
»Nein«, sagte Thea, »wer ist Love?«
»Der Arzt der Landmans. Louise konsultierte ihn nach der

Trennung noch. Er hat auch den Totenschein geschrieben.«
»Hast du ihn geholt, als Louise im Sterben lag?«
»Sie war schon tot, als er kam.«
»Und danach? Hattest du noch Kontakt zu ihm?«
»Das letztemal habe ich ihn auf ihrer Beerdigung gesehen.«
»Was meinte er mit der Strafe?«
»Dummes Gequatsche. Love ist schon lange nuts. Als ich vierzehn war, hat er mich in Louises Auftrag auf die Gefahren des Geschlechtslebens hingewiesen. Da hättest du Freude gehabt.«
»Und die Klinik in Schottland?«
»Keiner kann Nerven zusammenflicken.«
»Du hast doch nicht einen Schimmer Ahnung von deren Arbeit.«
»Nein«, sagte Nat, »und es interessiert mich auch nicht. Keiner bringt mich auf die Beine.«
»Du hast Angst, daß es einem gelingen könnte. Dir gefällt es so. Dein Vater hat das auch schon kapiert.«
»Sing nur sein Lied«, sagte Nat.
»Du müßtest lechzen nach einer Chance.«
»Mein Leben könnte nicht angenehmer sein«, sagte Nat, »stillsitzen bei dir, das hält dich in Schach, und ansonsten spiel' ich Eishockey.«
Thea sah ihn an.
»Oder ich laufe mit dem Kleinen in dem Fischgrätmantel herum.«
»Du erinnerst dich an den Mantel?«
»Die ganze Kirche stank danach.«

»Du kennst den Kleinen«, sagte Thea, »und er kennt dich.«
»Nicht meine Kreise«, sagte Nat.
»Du kennst seine Kreise?«
»Mach mich nicht wahnsinnig.«
»Du bist es schon, und ich werde es auch sein, wenn ich dir nicht vorher entkomme.«
»Entkommen. Nenn es lieber im Stich lassen.«
»Du kannst allein leben.«
»Ich glaube, das haben wir alles schon mal gesagt«, sagte Nat.
»Ja«, sagte Thea, »unser verdammtes Karussell dreht sich um immer dieselben Bilder herum. Gut, daß ich abspringe.«
»Du wolltest mir nicht drohen.«
»Ich drohe nicht«, sagte Thea, »ich tu' es.«
»Du hast gar kein Geld«, sagte Nat.
»Ich kriege einen neuen Vertrag. Er kann jeden Tag kommen.«
Nat hielt abrupt an und stand auf einer Kreuzung. Hinter ihnen leuchtete eine Lichthupe auf. Das Auto scherte links an ihnen vorbei und streifte sie fast.
»Idiot«, sagte Nat.
Thea sah aus ihrem Seitenfenster.
»Dahinten kommen noch viele Idioten«, sagte sie.
»Sollen sie doch«, sagte Nat.
»Mir in die Tür hineindonnern?«
»Dann wären wir quitt.«
Thea löste ihren Gurt und hatte schon den Türgriff gezogen, als Nat anfuhr. Thea fiel in den Sitz.

»Wer sich am Kreuzweg aufhält, sieht die Geister«, sagte sie, »deine Mutter hätte uns erscheinen können, um mich wissen zu lassen, was Love meinte.«
»So viel hast du doch gar nicht getrunken«, sagte Nat.
»Vielleicht hast du ihr ja ein Medikament vorenthalten.«
»Vielleicht habe ich ihr eins zuviel gegeben.«
Thea schob die Hand in ihren Schal, doch er hing locker am Hals und schnürte nicht ein. Der Druck, der ihr die Luft nahm, lag schwer und warm auf der Brust. Thea beugte sich vor und schob am Schalter der Heizung. Die Bewegung war schon zu hastig gewesen. Ihr wurde schwindlig.
»Ist dir heiß?« fragte Nat.
Er drückte einen der Knöpfe. Theas Fenster senkte sich. Thea atmete durch und dachte, daß die Luft nach Gas roch. Doch der Schwindel ließ nach.
»Hast du das getan?« fragte sie.
»Traust du mir das zu?«
Thea antwortete nicht. Sie schluckte am scharfen Geschmack der Luft und legte den Kopf in den Gurt. Die Straßen schwammen an ihr vorbei und schienen zu einer anderen Stadt zu gehören. Thea erkannte ihre Straße erst, als Nat den Motor abstellte.
»Stimmt das mit dem Vertrag?«
»Ja«, sagte Thea, »sie versuchen es noch mal mit mir.«

Thea haßte es, zu früh wach zu werden.
Im Dunkel liegen und denken müssen.
Nichts wegwischen können. Die Gedanken klebten an ihr.

Was traute sie Nat zu? Daß er Louise getötet hatte? Daß an ihm eine wundersame Heilung geschehen war, die er ihr verschwieg? Daß er und der Kleine in einem Bündnis standen?

Trockne deine Tränen, hatte sie am Nachmittag gesagt. Tränen, die Nat vergoß aus Angst vor dem Kleinen. Angst, daß Thea ihn traf.

Nat auf dem Eis. Den Jungs den Puck abjagend. Thea, die zitternd ihre Kreise zieht, bis Nat genug hat von Kälte und Kinderspiel. Thea schüttelte sich, um das Bild abzuschütteln, das sich eingeschlichen hatte ins dunkle Zimmer.

Der falsche Film. Zwei Jahre zu weit zurückgeblendet.

Nat stöhnte im Schlaf.

Nur ein Traum, Nat. Das Leben ist schlimmer.

Thea nahm ihr Kissen und legte es hoch an den Kopf des Bettes. Sie setzte sich auf und lehnte sich an und sah in die Dunkelheit, als ob sie das nächste Bild so besser sehen könnte.

Nat auf dem Eis. Dem Kleinen den Hockeyschläger in die Füße stellend. Der Kleine fällt.

Nat hob den Kopf.

»Kannst du nicht schlafen?« fragte er.

»Erpreßt er dich?«

»Wer?«

»Der Kleine aus der Kirche.«

»Du bist wirklich schon wahnsinnig.«

»Laß dir Zeit«, sagte Thea, »die Wahrheit stirbt nicht.«

Nat hatte einen Arm auf das Treppengeländer gelegt und horchte in den Hausflur hinein. Unten nahm Thea die

letzten Stufen. Ihre Stiefelabsätze trafen hart auf den Marmor. Nat hörte ein paar Schritte, dann stand Thea still, um in den Spiegel zu schauen, der vom Steinboden bis an die Stuckdecke reichte.
Thea blieb immer vor dem Spiegel stehen, bevor sie das Haus verließ. Wie Nat dort hielt und einen Blick nahm.
Zwei Schritte. Thea öffnete die Tür. Nat hörte sie noch über den Gitterrost gehen, dann fiel die Tür ins Schloß.
Im zweiten Stock trat jemand ins Treppenhaus. Nat zog sich leise zurück. Er scheute die Nachbarn und kannte kaum ein Gesicht. Doch er machte keinen allzu schlechten Eindruck damit. Keiner nahm den anderen zur Kenntnis. Lauter einzelne Leben. Nat konnte sich noch erinnern, daß es ihn mal gestört hatte.
Theas Tasche stand auf der Kommode in der Diele. Thea nahm sie nur auf die großen Gänge mit. Thea mied die Last des Gepäcks. Lieber senkte sie alles in die Taschen von Jacken und Mänteln, um die Hände frei zu haben.
Für eine leichtere Flucht, sagte sie.
Nat schüttete die Tasche auf der Kommode aus und griff gleich nach der schwarzen Agenda. Er las die Adressen und fand eine in Hamburg, die er nicht kannte. Kevin, der keinen Nachnamen nötig hatte in Theas Agenda, in der auch Theas Mutter mit vollem Namen stand. Nat dachte an den Mann mit dem Chevrolet und nicht einen Augenblick an den Kleinen.
Doch Kevin ließ keinen Schmerz in ihm klingen. Thea hatte ihn abgelegt. Nat glaubte seinen Instinkten. Trotzdem nahm er einen Zettel und notierte die Adresse. Für alle Fälle. Für den Fall Thea und ihre Hoffnung auf Flucht.

Von den Kulis aus Theas Tasche schrieb der silberne, den er ihr geschenkt hatte, gar nicht und der andere in einem lauten Grün, das an Nats Fingern klebte, ehe er fertig war. Der Zustand der Kulis irritierte ihn. Thea machte ein ziemliches Theater um das, was sie ihr Werkzeug nannte. Ihr Sekretär war in den letzten Wochen zu einem Heiligtum geworden, an das Nat nicht kommen durfte. Das Papier lag in dicken Packen neben der Schreibmaschine und harrte der Geschichten, die Thea nicht schrieb. Sie nahm es nicht mal für die Briefe, die sie gelegentlich tippte und von deren Harmlosigkeit sich Nat spätestens dann überzeugte, wenn die Kuverts in Theas Tasche steckten.
Nat schaute auf die grüne Schrift, die schon zerfloß, und faltete den Zettel, um ihn in die Hosentasche zu stecken. Erst da fiel ihm auf, daß er keinen von den losen Zetteln genommen hatte, die auf der Kommode lagen. Der in seiner Hand sah aus, als sei er von einem der Briefbögen gerissen, die Theas Verlag verschickte. In die letzten Ziffern der Telexnummer hatte Thea eine Zahl gekritzelt, die erste in einer Liste von Zahlen. Nat las den Zettel und zog alle Zahlen von der ersten ab. Das hatte Thea auch getan. Er behielt einen Rest. Den hatte Thea auch behalten. Die Rechnung ging zu ihren Gunsten auf. Wenn das Theas neues Einkommen war, konnte ihr Nats Geld egal sein.
Der Vertrag. Nat hatte noch im Schlaf liegend an ihn gedacht und einen Moment lang gehofft, an einem schlechten Traum zu träumen. Als er die Augen aufschlug, stand Thea neben ihm, im Bademantel und mit feuchtem Haar und einer Anspannung im Gesicht, die Nat an ihr kannte.

Thea vor dem Sprung. Aus der Tür. Aus dem Haus.
Nats Zähne hatten geklappert. Nur eine Gewohnheit, deren er sich schon schämte. Thea langweilte sie gräßlich.
Nats nächster Gedanke war gewesen, etwas zu inszenieren, das Thea im Haus hielt.
Er hatte daran gedacht, nicht allein aus dem Bett zu kommen und um Hilfe zu bitten. Doch dann verließ er das Bett ganz schnell, weil ihn die Vorstellung schreckte, noch in den Kissen zu hocken und die Tür zu hören. Nat konnte nicht ausschließen, daß Thea davonging, ohne ihm auch nur ein Wort zu schenken.
Er hatte angefangen, den Frühstückstisch zu decken, noch ehe er aus dem Pyjama war, den er neuerdings auf Theas Wunsch trug. Er hatte nach Porridge verlangt, weil das Thea für eine kleine Weile am Herd halten würde.
Doch Thea strafte Nats Einleitung des Frühstücks mit Nichtachtung und machte sich an ihrem Schminktisch zu schaffen.
Nat verschob das Bad und saß angezogen da, als Thea aus dem Schlafzimmer kam. Du kannst nicht mit, hatte sie gesagt.
Nat haßte den Puder, der auf ihren Augenschatten lag. Er haßte den Lippenstift, der ihren Mund hart machte. All die Maskerade deutete auf einen großen Gang hin.
Nat haßte Theas große Gänge.
Thea stand im hellen Licht der Dielenlampe, das ihr in die Schminke leuchtete und die Spuren in ihrem Gesicht aufnahm.
Nat dachte, daß jeder ihn für jünger gehalten hätte. Es tröstete Nat nicht lange. Thea stand schon in der Tür.

Die Liebig kommt doch nachher, hatte er gesagt.
Lächerlicher Versuch, ihr Angaben zu Zeit und Weg zu entlocken.
Ich habe keine Angst, dich und die Liebig allein zu lassen.
Thea stand schon auf der Treppe, als sie das sagte.
Nat hatte ihr nachgeschaut und das Gefühl gehabt, Thea ging auf ewig. Doch die Tasche stand noch da.

Nat steckte den Zettel ein und nahm Theas Tasche. Er stülpte das Futter nach außen und fand noch ein Ticket. Ein Streifen Papier, den ein Fahrkartenautomat ausgespuckt hatte. Angaben zur Zeit und keine zum Weg. 12 Uhr 20. Am 20. Januar.
Nat konzentrierte sich auf den Zwanzigsten, doch es kam ihm kein Ereignis in den Kopf, an dem er den Tag festmachen konnte. Er schlug den Kalender in Theas Adreßbuch auf. Dienstag, 20. Januar. Alles, was sich zu Dienstagen denken ließ, war, daß die Putzfrau erschien.
Nat hob den Arm, um auf die Uhr zu sehen, die er noch nicht anhatte. Frau Liebig mußte bald dasein.
Zeit, ins Bad zu verschwinden und am besten dort zu bleiben. Er hatte keine Lust auf die Flut warmer Worte, die die Liebig über ihn goß, wann immer Thea nicht da war.
Ihre Gefühlsausbrüche verwirrten Nat.
Er ließ die Agenda in die Tasche fallen und die Kulis. Auf der Kommode lagen noch Theas Visitenkarten, ihr zweiter Autoschlüssel und eine Kassette ohne Aufschrift. Nat hielt die offene Tasche an die Kommode und schob alles hinein, als schiebe er Krümel vom Tisch in die hohle Hand. Die Liebig kam in der nächsten Minute.

Nat hörte den Schlüssel im Schloß und schaffte noch, in das Badezimmer zu kommen. Er fiel gegen die Tür und atmete hastig und fühlte sich auf der Flucht. Er hatte begonnen, auch Frau Liebig als Eindringling zu betrachten.
Thea schätzte den Kontakt zu Fremden. Anzunehmen, daß sie sich freiwillig in deren Fänge gab. Einfach in eine Untergrundbahn stieg oder in einen Bus. Kein fremder Duft störte Thea. Kein Körper, der an ihren stieß. Nur auf Kinder reagierte Thea gereizt, und in der Kirche hatte sie schlappgemacht.
Nat holte den Kleinen vor Augen. Die kurze, stumpfe Nase. Die feinen blonden Haare, die auf den Kragen fielen. Der zu große Mantel. Er mußte noch kleiner sein als Thea. Nat sah sie zusammen an einer Bushaltestelle stehen. Der Kleine hielt Thea einen Zettel hin. Nat hatte gedacht, die Telefonnummer in Theas Agenda zu finden.
Er horchte an der Tür und hörte, daß Frau Liebig sich in der Küche zu schaffen machte. Vermutlich kreiste sie um den gedeckten Tisch und zögerte, das Frühstücksidyll zu zerstören, obwohl es schon auf Mittag zuging. Trotzdem. Er konnte sich Zeit lassen mit seiner Morgentoilette. Sollte die Liebig das Bad als letztes putzen. Das gäbe ihm Gelegenheit, in Theas Sekretär zu suchen und in ihrem Schminktisch. Andere Inseln hatte Thea nicht. Nat öffnete das Holzschränkchen, das in all der funktionellen Pracht ihres Badezimmers ein Schrein aus einer freundlicheren Kultur zu sein schien. Theas Fach kam ihm leer vor.
Nat strich sich über den Hals und dachte, daß er nicht um das Rasieren herumkäme, und plötzlich hatte er Schwierigkeiten zu schlucken. Er konnte Thea nicht hindern, ihre

Koffer zu nehmen und zu gehen. Geld genug hatte sie bald und einen Plan bestimmt schon jetzt. Nat griff in das untere Fach und holte die Schachtel mit den Rasierklingen heraus. Er griff nach dem Seifenstift und sah sein Handgelenk an. Nur nicht längs der Ader schneiden. Ahnungslos tun, einen Schnitt, der Blut und keine Gefahr bedeutete. Nat erinnerte sich an die Anleitung, die seine Mutter einer Freundin gegeben hatte. »You can't die. Never, dear. Just terrify him.«

Er schaute in den Spiegel und hob die Brauen.

Die dunklen Bartstoppeln machten ihn noch blasser. Er hatte auch nicht mehr an Frische zu bieten als Thea.

Leichen, alle beide.

Nat zuckte zusammen, als er das Klopfen hörte.

»Alles in Ordnung, Herr Landmann?«

Frau Liebigs träge Stimme hing auf einem doppelten n.

»Ja«, sagte Nat, »danke.«

Landmann, aber nur mit einem n hinten, sagte Thea, wenn sie seinen Namen angab. Es hatte Zeiten gegeben, da sprach man sie so an, und es hatte ihr gefallen.

Nat schäumte die Seife auf und dachte an die Einladung, die seit Tagen in seinem Nachttisch lag. Ein Essen bei Bekannten, die er aus den Augen geglaubt hatte. Es beunruhigte ihn sehr, daß sie Thea und ihn noch im Blick hatten. Thea ahnte nichts von der Einladung, die schon verfallen war. Viel zu groß die Gefahr, daß sie hätte hingehen wollen. Vielleicht sogar ohne ihn. Nat und Thea Landman stand auf dem Kuvert, von dem Nat sich nicht trennen konnte. Ihn erschütterte die Vereinigung, die da stattfand. Schade, daß er es Thea nicht zeigen durfte.

Nat nahm eine Klinge aus der Schachtel und legte sie in den Apparat. Er mußte Thea aufhalten. Ihr den Koffer aus der Hand nehmen und sich vor die Tür werfen.
Kein Leben ohne Thea. Never, dear.

Die Tür fiel hinter ihr ins Schloß, und Thea steckte die Hände in die Taschen, um nach dem Schlüssel zu fühlen. Eine alte Angst von ihr, zu denken, daß sie ausgesperrt sei. Doch hinein kam sie immer. Nur das Hinauskommen glich einem lächerlichen Versteckspiel. Nat hockte Tag und Nacht vor der Tür und lauerte auf jeden Schritt, den sie tat. Ein Drache vor der Truhe mit dem Schatz.
Thea nahm die Luftschlange vom Kopf des steinernen Drachen, der auf dem Mauervorsprung neben dem Hauseingang hing, als könne er sich nicht mehr lange dort oben halten.
Keinen alten Kasten. Nats Vorgabe an den Makler nach ihrer Ankunft in Hamburg. Thea hatte gar nicht hineingehen wollen, als sie das Haus sah mit all den Drachen. Doch Nat hielt sie für Kosetiere, nachdem er sechsundzwanzig Jahre mit zwei Steinkolossen gelebt hatte, die Kain und Abel darstellten.
Louises Vater hatte das düstere Kunstwerk in den Vorgarten des Londoner Hauses schaffen lassen.
Jahrzehnte später machte Louise das Zimmer zu Nats Kinderzimmer, dessen Fenster den besten Blick auf den Brudermord bot. Nat hatte Thea erzählt, daß er lange Zeit geglaubt habe, ein Mensch läge dort begraben.
Thea zupfte aus der Efeuhecke eine zweite Luftschlange und knüllte sie zusammen. Andere feierten Feste. Sie

schaute zum Haus hin, dessen Fenster alle dunkel waren an diesem lichtlosen Vormittag. Auch oben bei ihnen.
Thea streckte schon die Hand aus, um das Gartentor zu öffnen, aber sie zögerte und stand still. Nat hatte am Fenster gestanden. Halb vom Vorhang verdeckt. Doch er hatte am Fenster gestanden. Zu ganzer Größe gereckt. Auf Thea hinunterschauend.
Das Bild war ihr deutlich vor Augen.
Thea drehte sich zum Haus hin, langsam, um Nat nicht durch eine zu schnelle Bewegung zu warnen. Sie hob den Kopf und sah zum Fenster hinauf und sah den Vorhang, der nur ein Stück weit aufgezogen war. Von Nat sah sie nichts.
Thea drehte sich vorsichtig um und öffnete das Tor. Nat mußte noch da oben stehen. Thea glaubte, Nats Blick im Nacken zu haben. Nicht zögern. Zum Auto gehen und fahren. Nicht zittern. Den Schlüssel in das Schloß stecken. Tun, als sei alles normal. Thea ließ den Schlüssel fallen und bückte sich. Sie blieb geduckt hinter dem Auto und schaute hoch. Kein Nat. Thea zitterte noch, als sie den Fiat aus der Straße in den Kreisverkehr lenkte. Das Auto von links übersah sie beinah. Thea bremste und ließ ihren Fuß auf der Bremse stehen, auch als das Auto vorbeizog und kein anderes kam.
Thea schloß die Augen und öffnete sie erst, nachdem das Hupen hinter ihr schon laut in ihrem Kopf hallte.
Sie wünschte, sie hätte sich nie an ein Steuer gesetzt.
Thea wurde wieder ruhiger, als sie sich vorstellte, allein auf der Welt zu sein. Es war nicht ihre höchste Vorstellung von Glück, wie Nat behauptete. Doch es gab ihr Kraft, den

Kampf aufzunehmen. Mit dem Auto in die Stadt zu fahren und in die Redaktion zu gehen. Nat zog der Gedanke an das Alleinsein in die Verzweiflung. Thea mobilisierte mit ihm all ihre Stärken.
Versuchen Sie es noch mal mit Thea, hatte ihr alter Chefredakteur dem neuen hinterlassen. Theas Herz ging nicht gerade auf, wenn sie an den Neuen dachte. Sie hatte ihn einmal getroffen und entschieden, ihn nicht zu mögen. Doch er hatte ihr einen Vertrag versprochen. Einen, der an die Chancen vergangener Zeiten erinnerte. Gut genug, um ein Leben ohne Nat möglich zu machen.
Thea hatte gedacht, den Vertrag am Tag vorher in der Post zu finden. Sie stellte das Auto vor den Verlag und ließ sich noch einen Augenblick Zeit mit dem Aussteigen. Sie hatte keinen Termin, nur die Ahnung, sich sehen lassen zu müssen, damit der Neue nicht noch absprang. Thea löste laues Interesse in ihm aus. Eine Erblast. Ihm lag daran, die eigenen Leute nachzuholen. Thea hatte nie eine Lobby gehabt im Verlag. Viel zu groß ihr Talent, Antipathien auf sich zu laden. Eine Autorin, die den Alltag links liegenließ. Von den anderen, die ihn acht Stunden ertragen mußten, Disziplin verlangte. Nicht nachsichtig sein konnte. Keine Schwächen kannte und duldete.
Thea verrenkte den Kopf, um sich im Rückspiegel zu sehen. Sie hatte zu viel Schminke im Gesicht. Es gab ihr Ähnlichkeit mit Gloria. Hoffentlich hielt er sie nicht für aufgetakelt. Hinter ihr parkte ein Jaguar ein. Eine dunkle Limousine, doch nicht das Anthrazit, das Nats Auto hatte.
Trotzdem zitterten Theas Hände, als sie die Taschentü-

cher aus dem Handschuhfach holte. Sie nahm eines aus der Hülle und drückte es an die Lippen und schaute in den Spiegel dabei. Im Wagen hinter ihr saß niemand mehr.
Eher abgetakelt, dachte Thea, nachdem sie die Farbe von den Lippen genommen hatte. Ohne den leuchtenden Fleck sah sie nach Leiche aus. Nur das Lila der Augenschatten hob sich noch ab. Thea streckte sich, um mit der Hand in die Manteltasche zu langen und den Lippenstift hervorzuholen. Doch im Moment fiel ihr ein, daß er in der Schublade ihres Schminktisches lag.
Thea stieg aus und ging in das Haus hinein und zu den Aufzügen hinüber. Sie würde ihn gleich auf den Vertrag ansprechen. Auf ihrem Konto lagen noch tausend Mark. Zuwenig, um eine Kaution zu bezahlen oder auch nur einen Monat davon zu leben. Von Nat konnte sie kein Geld nehmen. Auch keine der Kreditkarten hinhalten, die über Nats Konto liefen und ihm nur die Gelegenheit gaben, ihre Ausgaben zu kontrollieren.
Thea haßte es, daß sich Frauen von Männern abhängig machten. Noch mehr haßte sie es, daß manche Frauen so erfolgreich damit waren. Wie Gloria.
Die Aufzugtüren öffneten sich, und Thea trat einen Schritt zurück, um dem Mann auszuweichen, der aus dem Aufzug kam. Sie erkannte ihn in der nächsten Sekunde.
»Tut mir leid. Ich breche gerade zu einem Termin auf«, sagte er, noch ehe Thea den Mund aufmachen konnte.
»Ich nehme an, der Vertrag kommt in den nächsten Tagen«, sagte Thea.
Sie hatte das Gefühl, große Not zu dokumentieren mit diesem Satz.

»Schicke ich Ihnen«, sagte der Neue, »ist schon vorbereitet.«
Thea nickte und versuchte, die Brauen hochzuziehen und Ironie in den Blick zu legen. Nats leichteste Nummer. Thea tat sich schwer. Sie guckte statt dessen auf die langen Koteletten des Neuen und hoffte, ihn verlegen zu machen. Doch er schnalzte nur und taxierte Thea.
»Kommen Sie mit?«
Er schaute zur Tür.
»Ich habe noch oben zu tun«, sagte Thea.
»Dann die Hand zum Gruße.«
Thea verstand es erst als Abschied, nachdem er ihr schon den Rücken gekehrt hatte. Doch er drehte sich noch einmal um.
»Kannst du in den nächsten Tagen los? Ein Interview, das eigentlich das Londoner Büro machen sollte.«
»Und warum machen die das nicht?« fragte Thea, um irgendwas zu sagen und ihren Schrecken über das Du zu verbergen.
»Zuviel zu tun«, sagte der Neue. »Also, kannst du?«
»Ja«, sagte Thea, »sagen Sie mir nur noch, um was es geht.«
Er schaute auf die Uhr.
»Am Telefon«, sagte er, »spätestens morgen vormittag.«
Thea ließ ihn aus der Tür gehen und gab noch kurze Zeit zu. Lange konnte sie nicht mehr da stehen. Gleich stürmten sie aus den Büros und auf die Straße, und Thea hatte kaum Lust, ihnen zu begegnen. Kein Bild von Stärke, das sie im Augenblick bot. Schlimm genug, daß der Neue das bemerkt haben mußte. Die Turmuhr der nahen Kirche

schlug das Viertel der nächsten Stunde an, als Thea aus der Tür kam. Viertel nach zwölf.
Um eins hatte Thea einen Termin mit dem Makler.

Es überraschte Nat, die Schubladen des Sekretärs offen zu finden. Er ließ die Büroklammer, die er schon in Form gebogen hatte, in den Papierkorb fallen und fühlte sich fast enttäuscht. Die Schlösser der kleinen Laden ließen sich leicht mit einer Klammer lösen. Er hatte das schon vor Jahren herausgefunden. Da hatte der Sekretär noch seiner Mutter gehört. Als Thea ihn in Gebrauch nahm, hatte Nat ihr den Schlüssel zu den Schubladen mit großer Geste gegeben. Sie fiel ihm leicht. Er schenkte ihr Geheimnisse, an die er jederzeit kommen konnte. Nat, der Ahnungslose, noch ohne Vorstellung davon, daß Thea ihm derart entgleiten könnte. Ihre Geheimnisse nicht länger in Schubladen und Taschen legte.
Keine Zettel mit Telefonnummern. Keinen Vertrag.
Nat schloß die Klappe des Sekretärs und schaute auf die schwarzen Masern des Eibenholzes, bis es ihm vor den Augen flimmerte. Früher einmal hatte er dicke Monde um die Masern gemalt. Mondgesichter, die Mimi mit viel Politur entfernen mußte. Tagelang hatte er zur Strafe nicht in den Kindergarten gedurft. Nach der Schweinerei. Mucky mess, hatte seine Mutter gesagt. Er dachte viel an Louise in diesen Tagen.
Louises Verzweiflung, von ihm verlassen zu werden. Ihr Haß auf Thea, die er doch nur ein einziges Mal getroffen hatte. Den Mund hätte er halten müssen. Louise nicht erzählen, daß er nur noch mit Thea leben mochte. Doch es

hatte ihn zu sehr ergriffen, das zu empfinden für eine andere Frau. Es hatte ihn zu sehr gefreut, seiner Mutter die Macht zu nehmen.

I'm leaving, Mother. Louise hatte sich an den Hals gefaßt. Ihre Hand hing in drei Reihen grauer Perlen. Sie zog und zerrte daran, doch das konnte ihr das Atmen nicht leichter machen. Louise hätte ihn lieber tot gesehen als an Theas Seite. Nat war ihr zuvorgekommen.

Nat ging ohne Hoffnung an den Schminktisch. Der Lippenstift, den er zu grell fand an Thea, kullerte in der Schublade, als er sie aufzog. Nat nahm ihn und steckte ihn ein und hatte das Gefühl, einen Feind auszuschalten.

Das nächste, was ihm in die Hände fiel, war die Kreditkarte, die er Thea im Dezember gegeben hatte, kurz nachdem sie ihren Job verlor. Die Karte hatte einen Schnitt. Einen halbherzigen Schnitt, dachte Nat. Gerade, daß die Schere in die Kante des Plastiks gegriffen hatte. Keine Konsequenz in Theas Tun. Wie Pulsadern quer aufschneiden. You can't die, dear.

Das Telefon klingelte zweimal. Dann war Nat schon da, um nach dem Hörer zu greifen. Sein Magen zog sich zusammen, als die Frau den Namen der Zeitung nannte und mit dem Mann verband, von dem Thea als dem Neuen gesprochen hatte.

»London hat doch mehr Eile, als ich dachte«, sagte der Mann, »am besten, du fährst gleich morgen los.«

»Nat Landman«, sagte Nat und nahm Anlauf für die nächsten paar Worte. »Tut mir leid. Thea ist nicht da.«

»Der Lebensgefährte«, sagte der Neue. Er ließ es klingen, als kenne er Nat zur Genüge.

»Ihre Kleine scheint das häusliche Glück ja dicke zu haben. Ist ganz heiß auf einen Vertrag.«
»Meine Kleine«, sagte Nat, »ist manchmal nicht ganz bei sich.«
»Wie soll ich das verstehen?«
»Ich hoffe nur, daß der Vertrag ihr hilft, vom Trinken loszukommen.«
»Thea trinkt«, sagte der Neue.
»Thea ist ein bißchen aus der Bahn. Ein Schuldkomplex nach einem Unfall, den sie verursacht hat.«
»Ja«, sagte der Neue, »ich hatte gleich das Gefühl, daß Thea mit den Nerven durch ist.«
»Lassen Sie sich nur nichts anmerken. Thea fängt sich schon noch.«
»Haben Sie einen Grund, mir das alles zu erzählen?«
»Ich hoffe nur, daß Thea Ihr Verständnis hat. Manchmal platzt ihr ein Termin. Morgen soll sie nach London?«
»Ich melde mich nachher noch mal«, sagte der Neue.
Nat zuckte zusammen, als er das Klicken in der Leitung hörte. Nichts mehr zurückzunehmen. Er hatte Thea verraten. Er hoffte nur, daß ihm das half.

»Die Hochbahn stört mich nicht«, sagte Thea.
Sie sah aus dem Fenster, das der Makler geschlossen hatte, gerade als die Bahn vorbeifuhr, und sah auf die Treppe, die genau zwei Stockwerke unter ihr lag. Zehn Stufen. Thea hatte sie gezählt, als sie ins Haus gegangen waren.
Die Geräusche kamen durch das geschlossene Fenster.
»Es stört mich nicht«, sagte Thea.

Die Wohnung war gut. Weit genug von Nats Welt.
Thea zog die Spitze ihres lila Schuhs über das matte Parkett, das noch die Spuren eines Teppichklebers zeigte.
Die Wohnung stand schon leer. Das beste an ihr.
»Ich nehme sie«, sagte Thea.
Der Makler versuchte, die Doppeltür zurückzuschieben, die er aus der Wand gezogen hatte. Ein loses Parkettstück machte ihm Schwierigkeiten.
»Wir können den Vertrag gleich fertig machen«, sagte er, »wenn Sie mit in mein Büro kommen.«
Thea ging die zehn Stufen hinunter und dachte an Nat, wie er am Fenster stand, halb vom Vorhang verdeckt.
Der Makler hielt die Autotür auf. Thea stieg ein. Sie vergaß, daß sie ihren Fiat unter der Hochbahn abgestellt hatte.
»Sie können morgen einziehen«, sagte der Makler.
Thea nickte. Nat stürmte die Treppe hoch. Schlug die Tür ein. Zog das kleinste Geißlein aus dem Uhrkasten.
»Ist Ihnen nicht gut?«
Thea guckte auf die Dose englischer Fruchtbonbons, die im Fach neben dem Fahrersitz lag. Nur die Dose vor Augen haben. Keine anderen Bilder. Nur nicht anfangen, sich für das kleinste Geißlein zu halten.
»Frau Friedberg?«
»Ich bin nur müde«, sagte Thea.
Nur müde, dachte Thea, als sie den Vertrag unterschrieb und statt des F fast ein L geschrieben hätte.
»Das wäre es dann«, sagte der Makler.
»Ja«, sagte Thea.
Das wäre es dann. Sie mußte es nur noch Nat beibringen.

Nat ließ das Telefon noch einmal fallen. Aus größerer Höhe diesmal. Er betrachtete den hellgrauen Apparat, der auf dem hellgrauen Teppich lag, und hob schließlich den Hörer auf. Er hörte den langen Ton, kaum daß er an der Gabel rührte.

Die Platine hatte immer noch keinen Schaden genommen. Nat schaute zu den Steinplatten, die vor dem Kamin eingelassen waren. Er warf das Telefon, als ob er eine Boulekugel würfe. Er hörte das Knacken des Kunststoffs und konnte den Riß im Gehäuse aus anderthalb Meter Entfernung erkennen. Nat näherte sich langsam, halb in Erwartung, daß der Apparat sich aufbäumen würde und wieder den langen Ton hören ließe. Er hob den Hörer. Die Leitung war tot. Er hatte es geschafft. Keine Verbindung mehr nach draußen.

Nat saß am Schreibtisch, als Thea kam. Seine kleine elektrische Schreibmaschine surrte, er hatte die Finger auf den Tasten und fing an zu schreiben, ohne sich nach Thea umzudrehen.

»Du hast kein Papier eingespannt«, sagte Thea.

Nat schaute die schwarze Walze an und erkannte viel mehr Buchstaben, als er in der kurzen Zeit geschrieben hatte. Es mußte ihm schon öfter passiert sein, ohne Papier zu schreiben.

»Ich bin mit den Nerven durch«, sagte er.

»Hast du getrunken?«

Nat lachte. Er schaltete die Schreibmaschine aus und ließ die Hände in den Hosentaschen verschwinden. Die beste Möglichkeit, das alberne Zittern zu verbergen.

»Nein«, sagte Nat.

Er lag ziemlich zurück mit dem Alkoholkonsum heute. Er war einfach nicht dazu gekommen.
Thea ging zum Fenster und zog die Vorhänge zurück.
»Es ist noch hell draußen«, sagte sie.
»Natürlich«, sagte Nat.
In der Tiefe des Taschenfutters fühlte er die kühle Hülse des Lippenstifts, den er aus der Schublade genommen hatte.
»Frau Liebig hat die Vorhänge ausgeklopft«, sagte er.
»Die Vorhänge ausgeklopft«, sagte Thea.
»In dieser Stadt staubt es noch mehr als in London.«
»Seit wann werden hier die Vorhänge ausgeklopft? Sie werden heruntergenommen und in die Reinigung gebracht.«
»Reg dich nicht auf. Du hast ihr keine Anweisung gegeben«, sagte Nat.
»Du hast am Fenster gestanden, als ich aus dem Haus ging. Du hast gedacht, daß der Vorhang dich verdeckt. Ich habe dich gesehen. Du bist groß genug.«
Nats Finger hoben die Metallhülse ab und drehten an dem Stift, bis sie in eine weiche Masse griffen.
»Du bist verrückt«, sagte er.
Er versuchte, die Masse von den Fingern zu kriegen und im Futter zu verteilen. Es machte ihm so viel Mühe, das heimlich und in der Tiefe der Tasche zu tun, daß er das Klingeln des Telefons nicht hörte. Er sah nur, daß Thea den Hörer hochriß, und erst ihr Hallo ließ ihn zusammenzucken und die Hände aus den Taschen ziehen.
Das Telefon konnte nicht funktionieren. Er hatte es heruntergeworfen, und es war kaputtgegangen.

Thea schrie ein zweites Hallo in den Hörer hinein und drückte ihn fest an ihr Ohr, als wäre die Verbindung nur schlecht.
»Was ist?« fragte Nat.
Thea verzog ihr Gesicht. Sie kniff die Augen zu und gab kleine hohe Töne von sich. Wie ein Kind, das zu weinen vorgibt.
»Wer ist es?« fragte Nat.
Theas Töne wurden dringender.
Nat sah, daß sie tatsächlich weinte.
»Ich kann nicht mehr«, sagte Thea und wußte selber nicht, warum sie sich gerade diesen Augenblick aussuchte, um so vernehmlich verzweifelt zu sein.
»War die Leitung eben auch schon tot?«
»Ja«, sagte Thea.
Nat seufzte. Wenigstens das war ihm gelungen. Wenn es auch nur ein Aufschub sein konnte.
»Gib mir den Hörer«, sagte er.
»Du hast Blut an deiner Hand.«
Nat legte den Hörer auf den Schreibtisch und wischte die Hand an der Hose ab.
»Das ist dein Lippenstift«, sagte er.
»Du hast herumgewühlt.«
Nat holte die Hülse aus der Hosentasche und den unteren Teil des Stiftes, in dem ein Rest der roten Masse klebte, der noch nicht in warme Schmiere verwandelt war.
»Du hast herumgewühlt«, sagte Thea, »und was hast du gefunden?«
»Nichts«, sagte Nat, »nicht die Nummer deines Informanten und nicht den Vertrag.«

Thea legte den Hörer auf die Gabel, um ihn gleich wieder hochzunehmen und die Nummer des Verlages zu wählen.
»Was wolltest du mit dem Vertrag?«
»Ich handle ohne Logik«, sagte Nat, »nur von Gefühlen getrieben. Zerreißen vielleicht.«
»Ich komme nicht nach draußen«, sagte Thea.
Nat nickte.
»Hast du mit dem Hammer draufgehauen?«
»Ich habe mich in der Schnur gefangen.«
»Ich ziehe aus. Eben habe ich unterschrieben.«
Thea sagte das so hastig, daß sie sich daran verschluckte und zu husten anfing.
»Es geht dir nicht gut«, sagte Nat.
Thea nahm den Schlüsselbund, den sie neben das Telefon gelegt hatte, und ging aus dem Zimmer. Nat folgte ihr.
Thea sagte nichts. Sie zog ihren Mantel an und sah in den Spiegel, der über der Kommode hing. Ihre Augen waren rot.
»Du gehst noch mal weg?«
»Das siehst du doch.«
»Wohin?«
Theas Rücken wurde steif vor Widerwillen gegen den Jammer, den Nat in das eine Wort legte.
»Telefonieren«, sagte sie.
Sie zog die Tür hinter sich zu und stand noch eine Weile, um auf das Schluchzen zu warten. Es kam nicht.

Der Neue legte auf.
»Ich kann nicht mehr«, hatte Thea gesagt.

Er nahm es zur Kenntnis.
Er hatte die Nase schon voll von Thea.
Heulte ihm ins Telefon. Tat, als höre sie nicht.
Theater mit dem Lover vermutlich.
Ihn kotzte das an.
Er war nicht die Heilsarmee.
Er diktierte den Brief ohne Bedauern.
Thea eine Chance geben. Getan. Gestorben.

Der Mann hatte graue Hosen an und hellbraune Schuhe.
Wenn er einen Satz sagte, wiegte er die Knie.
Er sagte viele Sätze und hörte vielen Sätzen zu.
Er hörte nicht auf, zu telefonieren.
Thea hatte Männer mit hellbraunen Schuhen nie gemocht.
Auch keine Leute, die in Telefonzellen standen und lange Gespräche führten. Doch ihr fehlte die Energie, die Tür aufzureißen und harte Worte zu sprechen.
Thea stand brav, bis der Mann aus der Zelle kam.
Der Apparat nahm erst ihren dritten Groschen an.
Das Rufzeichen. Die Stimme der Sekretärin.
»Ich stelle durch.«
Thea wartete.
Der Mann mit den grauen Hosen und den hellbraunen Schuhen war zurückgekommen. Er ging vor der Telefonzelle auf und ab.
»Tut mir leid«, sagte die Stimme, »er hat keine Zeit.«
»Was ist mit London?« fragte Thea.
»Er hat Ihnen geschrieben. Im Brief steht alles drin.«
Thea brauchte Zeit, um aufzulegen.

Sie war sicher, daß etwas schrecklich schiefgegangen war.
Der Mann klopfte an die Scheibe.
Thea drückte die Schulter gegen die Tür und schob sie auf.
Der Mann quetschte sich an ihr vorbei, noch ehe sie die Telefonzelle verlassen hatte.
Den Makler anrufen. Den Vertrag rückgängig machen.
Die Wohnung war zu teuer.
Thea stand vor der Zelle und sah auf die wiegenden Knie.
Dann beschloß sie, den Brief abzuwarten.

Nat nahm die Whiskyflasche und war versucht, sie an den Hals zu setzen und nicht erst ein Glas aus dem Schrank zu holen. Er drehte sich nach Thea um und sah, daß sie ihn betrachtete. Nat entschied sich für das Glas.
»Ist das noch ein normales Unglück?« fragte er.
»Deine Trinkerei?« fragte Thea.
»Was uns widerfährt.«
»Es ist zehn Uhr«, sagte Thea, »was soll die Trinkerei?«
Sie war nicht wirklich an einer Antwort interessiert. Zeit zerreden, bis der Briefträger kam. Nur nicht am Fenster stehen und Nat aufmerksam machen.
Nat hob das Glas.
»To the things too painful to remember.«
Er hatte das Gefühl, schon betrunken zu sein, ohne auch nur am Glas genippt zu haben.
»Muttermord«, sagte Thea.
Sie ging zum Fenster und sah auf die Straße hinunter. Das Fahrrad des Briefträgers stand schon vor dem Nachbarhaus.

»Sprich nur weiter«, sagte Nat.
»Ist das nicht zu schmerzlich, um daran erinnert zu werden?«
»Das ist eine ziemlich lange Geschichte«, sagte Nat, »und sie hat ziemlich viel mit dir zu tun.«
»Klar«, sagte Thea, »du hast es für mich getan.«
Sie hoffte nur, daß der Briefträger bald zu seinem Fahrrad zurückkehrte.
»Ja«, sagte Nat.
»Lade mir das nicht auch noch auf«, sagte Thea.
Der Briefträger war angekommen.

Thea las den Brief im Treppenhaus.
Kein London. Kein Vertrag. Keine Erklärung.
Alles Gute.
Sie kam oben an und stellte sich vor den Spiegel und dachte, daß sie einen schrecklichen Eindruck gemacht haben mußte. Hätte sie nur nicht vor dem Aufzug gestanden, als er kam. Nur nicht nach dem Vertrag gefragt.
Nicht den Lippenstift abgewischt.
Krank hatte sie ausgesehen.
»Was wolltest du mit dem Lippenstift?« fragte sie.
Nat kam näher. So nah, daß er sich auch im Spiegel sah.
Brustbild. Das Sitzen machte ihn klein.
»Vernichten. Er schadet dir.«
»Du bist verrückt.«
»Du machst die anderen verrückt«, sagte Nat, »malst dich an, und alle laufen hinter dir her und müssen dich haben.«
»Mich haben«, sagte Thea.

Sie nahm den Brief, den sie auf die Kommode gelegt hatte.
»Weißt du was davon?«
»Ein Brief von deinem Informanten?«
»Ja«, sagte Thea, »ein Brief von meinem Informanten. Er informiert mich, daß der Vertrag gelöst ist, noch ehe ich ihn unterschreiben konnte. Hast du deine Finger da drin?«
»Nein«, sagte Nat.
Er schüttelte den Kopf, um noch unschuldiger zu sein, und hörte gar nicht mehr auf, ihn zu schütteln.
Viel lieber wäre er aufgesprungen. Er sah sein Gesicht im Spiegel und dachte, daß er sich zusammennehmen sollte. Sein Grinsen ging zu weit. Doch er war überzeugt, eine wichtige Runde gewonnen zu haben.

Das Bonbon krachte ihm zwischen den Zähnen.
»Ich bitte Sie, den Vertrag zu lösen«, hatte Thea gesagt.
Jetzt hatte er nur noch die kleinen Splitter im Mund. Ein Schluck, und sie waren unten im Hals.
Der Makler nahm ein neues Bonbon aus der Dose. Rosa. Himbeer.
»Warum? Gefällt Ihnen die Wohnung nicht mehr?«
»Meine Verhältnisse haben sich in den letzten vierundzwanzig Stunden verschlechtert.«
»Ihre Verhältnisse.«
»Ich kann die Wohnung nicht bezahlen.«
»Und Ihr Gehaltsnachweis, den Sie nachlegen wollten? Glauben Sie, ich habe Zeit für Ihre Mätzchen?«
Er merkte, daß er anfing, sich aufzuregen. Egal. Sie war ihm von Anfang an nicht ganz normal vorgekommen.

»Ich sagte doch, daß ich die Wohnung nicht bezahlen kann.«
»Und Ihre Unterschrift? Sie haben sich schon beim ersten Buchstaben verschrieben.«
»Und das bedeutet?« fragte Thea.
»Die Eigentümerin hatte ohnehin Einwände.«
»Na fein. Dann darf ich den Vertrag als gelöst betrachten?«
»Null und nichtig«, sagte der Makler.
Er fand, daß er sich zu sehr aufregte.
Trotzdem knallte er auch noch den Hörer auf die Gabel.

Thea beugte sich über das Becken. Es kam nur noch Galle. Sie spülte den Mund aus und ließ das kalte Wasser über ihr Gesicht laufen.
Als sie ins Bett zurückkam, ging es ihr kaum besser.
»Du bist krank«, sagte Nat.
»Nein«, sagte Thea, »nur angewidert.«
»Du wirst immer dünner.«
»Das Leben an deiner Seite zehrt.«
Nat drehte sich zu seinem Nachttisch und schaltete die Lampe aus. Er legte sich in sein Kissen zurück, das ein viel größeres Volumen hatte als das von Thea.
»Du kannst dich auf mich verlassen«, sagte er.
Thea antwortete nicht.
»Solltest du krank sein, ich lasse dich nicht im Stich.«
»Du klingst ganz begeistert.«
»Stell dir vor, du hättest keine Kraft mehr, davonzulaufen.«
»Gefiele dir Leukämie? Damit kennt du dich doch aus.«

»Nein«, sagte Nat, »zu gefährlich. Ich habe keine Lust, allein hier zu sitzen.«
»Ich würde gern in wildes Gelächter ausbrechen. Ich will nur nicht, daß es mir wieder hochkommt.«
»Lach nur. Dein Magen ist ja leer.«
Thea stand auf und nahm ihre Bettdecke.
»Wo gehst du hin?«
»Ich weiß nicht, warum ich mich noch neben dich lege.«
Sie öffnete die Schlafzimmertür.
»Ich habe Angst«, sagte Nat.
»Mach dir das Licht an.«
»Schreckliche Angst«, sagte Nat, »laß mich doch nicht so allein sein.«
»Die Stunde der Dämmerung. Da sind die meisten Menschen anfällig für die Angst.«
»Es ist erst vier. Es dämmert noch gar nicht.«
»Die Gestapo steht auch nicht vor der Tür. Du kannst also beruhigt schlafen.«
»Du bist so hart«, sagte Nat.
Thea zog die Tür hinter sich zu.
»Und laß mich in Ruhe!« rief sie durch die geschlossene Tür.
Sie legte sich auf das Sofa und versuchte einzuschlafen. Ein Zimmer. Eins, das nicht viel kostete. Ein Zimmer ohne Nat. Zu anderen Gedanken kam sie nicht mehr.

Feldsteine. Trocken aufeinandergelegt. Ohne Mörtel. Oben in der Mauer ein Loch, das nur schwaches Licht einließ. Doch Thea konnte den Trog aus Stein erkennen und die steinernen Räder und die Schubstange aus Holz.

Thea nahm die Stange. Das alte Holz sprang vor Trockenheit und riß ihr in den Händen. Doch Thea schob die Stange und zog ihre Kreise auf der hartgetretenen Erde und schaute auf die Mauern und hörte das Mahlen der Räder im leeren Trog.
Die Arme schmerzten. Der Kopf drehte sich mit der Stange. Doch Thea hörte nicht auf, ihre Kreise zu ziehen.

Ihr Arm war lahm, als sie aufwachte.
Ein kleiner Strahl Licht kam durch die Klappe der Terrassentür, doch er konnte die Dunkelheit im Zimmer nicht auflösen. Thea hörte Nat atmen, noch ehe sie ihn erkennen konnte. Nat saß neben dem Sofa und schlief. Auf seinem Schoß lag nur noch ein Zipfel der Bettdecke, die er zu sich herübergezogen hatte. Der Rest hatte sich um Theas rechten Arm gewickelt und auf ihre Brust gelegt.
Thea bewegte den Arm, um das Blut leichter zirkulieren zu lassen, und merkte erst da, daß Nat ihre Hand festhielt. Sie wollte sie wegziehen, doch der Druck von Nats Hand nahm zu und drückte ihre Finger schmerzhaft zusammen. Thea versuchte, den Daumennagel in Nats Handrücken zu bohren. Doch dann sah sie, daß Nat wach geworden war.
»Ich kann dich nicht mehr ertragen«, sagte sie.
Nat schien es nicht Grund genug zu sein, ihre Hand loszulassen. Er sah sie nur traurig an.
»Was soll das? Warum hockst du hier?«
»Ich hatte Angst«, sagte er.
»Laß mich endlich los«, sagte Thea.
Nat lockerte den Griff nur leicht.

»Versteh mich doch«, sagte er, »ich liebe dich.«
»Deine Liebe versaut mir das Leben.«
Nat zuckte zusammen. Er ließ ihre Hand los.
»Manchmal denke ich, du bist nicht ganz bei dir«, sagte er.
Thea ließ die Decke auf den Teppich fallen und stand auf.
»Denk nur«, sagte sie.
»Anderen Leuten fällt das auch schon auf.«
»Du kennst andere Leute?«
Thea ging zum Fenster und zog die Vorhänge auf.
Der Morgen war noch milchig.
»Dem neuen Chefredakteur«, sagte Nat.
Thea drehte sich um. Ganz langsam, als käme sie sonst aus dem Gleichgewicht.
»Du hast mit ihm gesprochen?«
Nat dachte daran, aus dem Stuhl zu kippen. Tot zu spielen. Nur nichts sagen müssen zu diesem voreiligen Satz.
»Er hat also angerufen.«
Nat hob den Kopf und wagte einen kurzen Blick auf Thea zu werfen. Ihr Gesicht war ganz weich. Glücklich, dachte Nat. Er hatte schon Halluzinationen. Es konnte nicht sein.
»Ich hab' das nicht gewollt«, sagte Nat.
Es klang weinerlich und war auch noch gelogen.
Thea schien ihn gar nicht gehört zu haben.
»Was hast du ihm gesagt?«
»Nichts«, sagte Nat.
Er verkaufte es schlecht.
Thea kam auf ihn zu. Langsam. Sie machte eine große Sache aus den paar Schritten vom Fenster zum Sofa.
Für Nat waren es die Sekunden vor dem Duell.
Er nahm die Arme hoch und kreuzte sie und hielt sie

schützend über den Kopf. Er war schon weit genug, Schläge zu erwarten. Doch Thea blieb stehen und lächelte. Sie sah ihn tot am Boden.
Nat ließ die Arme sinken. Irgendwas lief völlig verkehrt. Er rührte sich nicht mehr, bis er den Schlüssel im Schloß der Badezimmertür hörte. Er konnte sich nicht einmal zu einem Satz entschließen, als Thea die Wohnung verließ. Er fing an, tatsächlich Angst zu haben.

Das Sekretariat schien noch leer zu sein.
Thea hatte den Neuen sofort selbst am Apparat.
»Ich habe eben erst von Ihrem Anruf erfahren.«
»Lassen Sie es gut sein.«
»Was hat er Ihnen vorgelogen?«
»Bitte«, sagte der Neue gereizt, »ich habe keine Lust, in Ihre familiären Auseinandersetzungen gezogen zu werden.«
»Er will mich zerstören«, sagte Thea.
Es war ein ungeschickter Satz.
»Machen Sie eine Entziehungskur«, sagte der Neue, »das haben schon berühmtere Leute getan.«
»Das ist es also«, sagte Thea.
»Ziehen Sie sich zurück. Wenigstens für eine Weile.«
Er zögerte. Thea setzte zu einer Erklärung an.
»Ich will nichts mehr von Ihnen hören«, sagte der Neue, noch ehe sie etwas sagen konnte.
Er legte auf.

Als Thea aus der Telefonzelle kam, hatte sie eine ähnliche Vision wie schon am frühen Morgen. Nur, daß Nat diesmal nicht sofort am Boden lag, sondern noch ein Stück lief, bevor er zusammenbrach. Tödlich getroffen von ihren Schüssen. Thea ging nicht nach Hause. Sie kaufte eine Zeitung und ging in den Park, an nassen Bänken vorbei, hin zu der Nackten. Thea lehnte sich an den Baum, der neben der Nackten stand, und guckte auf den pockigen Po, in den der Regen Krater gefressen hatte, und auf das Podest aus Backsteinen, das der grauen Steinfigur den letzten Reiz nahm.

Thea schlug die Zeitung auf und holte einen Stift aus der Innentasche ihres Mantels und strich an, was nicht mehr als zweihundert Mark kostete. Vier Zimmer.

Es regnete wieder, als Thea den Park verließ.

Vor der Telefonzelle standen ein Mann und eine Frau. Sie schienen nicht zu warten. Die Zelle war leer. Sie standen nur da und drückten sich aneinander, und der Mann machte seinen Mantel weit, und die Frau kroch in den trockenen Mantel und ließ sich umarmen und umarmte den Mann.

Thea ging an ihnen vorbei in die Zelle. Sie legte die Zeitung auf das ausgebreitete Telefonbuch und versuchte, die erste Anzeige zu lesen. Sie hatte Mühe, die Buchstaben aneinanderzureihen. Ihr war hundsmiserabel zumute.

Nat sah den Mann und die Frau, noch ehe er Thea entdeckte. Er blieb stehen und versank in den Anblick des Mannes, der groß und schützend stand und die Frau in den Mantel nahm. Er tauchte erst wieder auf, als in der Telefonzelle ein Schirm herunterfiel und der Knauf gegen

die Scheibe schlug. Er kannte den Schirm, er hatte ihn in London gekauft.
Nat wartete, daß Thea sich umdrehte und den Schirm aufhob. Sie würde ihn sehen. Er stand nah genug.
Thea drehte sich nicht um. Sie legte ihr schwarzes Portemonnaie auf das Telefon, und als sie den Druckknopf der kleinen Tasche öffnete, kullerte schon das Geld heraus, und ein paar Groschen fielen auf den Boden. Thea ließ auch die liegen. Sie nahm den Hörer, steckte die Münzen ein und drückte die Tasten. Nat blieb unbemerkt.
Er senkte den Kopf und konzentrierte sich, um zu verstehen, was Thea sagte. Sie sprach zu leise. Erst das Einhängen des Hörers gab ein Geräusch, das nach draußen drang.
Nat griff nach den Reifen, bereit zur Flucht, die ihm gar nicht gelingen konnte. Doch Thea drehte sich nicht um.
Sie wandte sich der Zeitung zu, die vor ihr lag, und kritzelte auf den Rand. Nat konnte die Anzeigen erkennen.
»Am Klosterstern ist eine größere Telefonzelle.«
Nat sah zu dem Mann auf, der jetzt allein stand.
»Danke«, sagte Nat, »ich danke Ihnen.«
Er kehrte um und nahm ein paar Meter, bevor er noch mal zu Thea schaute. Thea hielt den Telefonhörer in der Hand. Er hatte eine gute Chance, vor ihr nach Hause zu kommen.

Die letzte Zeitung im Laden. Nat hatte Glück gehabt. Er legte sie auf die Kommode und wollte gerade das nasse Jackett ausziehen, als es klingelte. Nat faltete die Zeitung und schob sie in seinen Rücken. Thea mußte ihren Schlüs-

sel vergessen haben. Nat öffnete die Wohnungstür, noch ehe er den Knopf für die Haustür unten drückte.
»Wir kommen in friedlicher Absicht«, sagte die Frau im Persianer.
»Nathaniel ist ein schöner Name«, sagte ihre Gefährtin.
Nat sah die Frau in dem Persianermantel an und glaubte, sie irgendwo schon einmal gesehen zu haben.
»Wir würden gerne mit Ihnen in der Bibel lesen.«
»Sind Sie katholisch?« fragte Nat, dem eine Erinnerung kam.
Die Frau schüttelte erschrocken den Kopf.
»Gehen Sie manchmal in eine katholische Kirche?«
Nat mochte die Spur noch nicht verlassen.
Die Gefährtin ließ ihre große Tasche aus dem Ellbogen rutschen.
»Dürfen wir Ihnen eine Lektüre geben?«
Sie holte ein Heftchen hervor.
»Auch an Weihnachten nicht?« fragte Nat.
»Gott hat Ihnen ein schweres Schicksal gegeben«, sagte die Frau.
»Doch er steht Ihnen bei«, sagte die Gefährtin.
»Ja«, sagte Nat.
Er hörte Thea die Treppen hochkommen.
»Lesen Sie. Dann erfahren Sie mehr von uns.«
»Bitte nehmen Sie den Aufzug«, sagte Nat.
»Ist das hier das oberste Stockwerk?« fragte die Gefährtin.
»Ja«, sagte Nat.
Er kam in das Treppenhaus vor und drängte die Frauen zum Aufzug. Die Tür schloß sich hinter ihnen, als Thea die letzte Treppe nahm.

»Du hattest Besuch?«
Nat hielt ihr das Heftchen hin.
»Gott hat mir ein schweres Schicksal gegeben«, sagte er.
»Ja«, sagte Thea, »das wissen wir.«
»Hast du deinen Informanten getroffen?«
»Ja«, sagte Thea.
»Ich glaube nicht mehr an ihn.«
»Das heißt?«
»Daß du lügst«, sagte Nat.
Thea ging zur Tür und schob sie auf. Sie sah ihn fast liebevoll an, als er an ihr vorbei in die Wohnung kam.
»Nächste Woche bist du mich los«, sagte sie.

Ein Tisch, ein Bett, ein Schrank. Zwei Stühle.
Das erste Zimmer, das nicht mit Möbeln vollgestellt war.
Thea hatte schon die zwei Hundertmarkscheine in der Hand, als der Mann hereinkam. Er baute sich so dicht vor Thea auf, daß sie dachte, seinen Schweiß auf der Haut zu haben.
»Ich kann Ihnen noch Klamotten aus dem Keller holen.«
Thea schüttelte den Kopf. Die Hunderter klebten in ihrer Hand. Ihr war heiß. Der elektrische Heizofen, der in einer Ecke des Zimmers stand, konnte kaum Schuld daran haben.
»Dann lassen Sie mal die Blauen los.«
Thea rückte ein Stück von dem Mann ab und stieß sich an dem vergilbten Knopf der Tischschublade.
»Elfenbein«, grinste er, »alles vom Feinsten hier.«
Thea drehte sich um und sah auf die Korkplatte des Tisches. In den Ritzen saßen Krümel und Reste von Salz.

»Ich hab' eben mit einem telefoniert. Der hätte das Zimmer genommen. Ich hab' gesagt, Sie haben es schon.«
Der Mann versuchte nach ihrer Hand zu greifen.
Thea zog die Hand zurück und steckte sie in die Manteltasche.
»Sagen Sie nur, ich gefalle Ihnen nicht.«
Thea ging aus dem Zimmer in den Flur.
»Zicke«, sagte der Mann, als sie die Tür öffnete.
Thea nahm zwei Stufen auf einmal. Beinahe hätte sie mitten auf der Treppe die Balance verloren. Als sie nach dem Geländer griff, merkte sie, daß sie noch immer die Hundertmarkscheine in der Hand hielt. Das war das vierte Zimmer gewesen.

Der Zettel klebte an der Ladentür. Thea las ihn, als sie zum zweitenmal auf die Klinke drückte. Das Schild mit den Öffnungszeiten hing neben dem Zettel. Seit einer halben Stunde sollte der Laden auf haben. Thea brauchte die Zeitung dringend. Alle die anrufen, die sie vorher außer acht gelassen hatte. Vielleicht noch einen Hunderter drauflegen. Sie konnte das Auto verkaufen. Fürs erste.
Ein Zimmer zu zweihundert am Paulinenplatz.
Thea las den Zettel und hatte Not, den Namen im Kopf zu halten. Ihr Gehirn schien zu zerbröseln.

Das erste Zimmer, das schon vermietet war.
Nat legte den Hörer auf und nahm die Zeitung.
Einmal Wohlwillstraße ohne Namen und ohne Hausnummer. Er konnte nur hoffen, daß es eine kurze Straße war. Der Stadtplan lag im Auto.

In Theas Auto, fiel ihm ein, als er im Jaguar saß.
»Schlachthofgegend«, sagte der Mann an der Tankstelle.
Nat fuhr nicht in die Wohlwillstraße.
Wenn es auch in der Stadt jede Menge Jaguars gab, in der Gegend war der Wagen noch auffällig.
Nicht nur der Wagen, dachte Nat, nachdem er an einem Platz geparkt hatte, der neben der Wohlwillstraße lag.
Auf der Parkbank ein paar Meter vor ihm saßen drei alte Männer und ließen ihn nicht aus den Augen.
»Komm her«, sagte einer, »trink einen Schluck.«
Er wischte mit dem Handballen über den Hals einer Flasche und hielt sie Nat hin. Nat kam näher.
»Tut mir leid«, sagte er, »ich habe keine Zeit.«
Der Alte klopfte auf sein steifgestrecktes Bein.
»Haben mir die Tommies weggeschossen.«
Nat nickte.
»Kann kein Kriegskamerad sein«, sagte der Mann, der in der Mitte saß, »ist doch viel zu jung.«
»Zu jung«, grölte der Mann mit der Flasche, »bist wohl mit deiner Maschine auf den Arsch gefallen.«
Nat zuckte die Achseln. »So ähnlich«, sagte er.
»Ist doch alles eine Scheiße. Trink schon.«
Nat nahm die Flasche, wischte über den Hals und trank.
»Keinen schlechten Zug«, sagte der Alte.
»Die Wohlwillstraße, ist die nur da vorne?« fragte Nat.
»Kennst du die Wohlwillstraße?« fragte der Alte und sah den dritten an, der noch gar nichts gesagt hatte.
Die drei Männer schüttelten den Kopf.
Nat sah auf das Straßenschild, das auch von der Bank aus noch gut zu erkennen war.

»Danke für den Schnaps«, sagte Nat und überquerte den Platz.

Thea guckte durch die gelben Gardinen auf den Paulinenplatz. Nat gab gerade die Flasche zurück.
»Die Gardinen sind sauber. Ist nur, daß die Dame vor Ihnen viel geraucht hat.«
Thea drehte sich um und sah die kleine Frau mit den dünnen Haaren in der Tür stehen. Sie stand mit geballten Fäusten, die tief in die Taschen ihres Kittels gegraben waren. Der Kunststoff des Kittels zeichnete die Fäuste deutlich nach.
»Das Zimmer ist in Ordnung«, sagte Thea.
»Rauchen Sie?«
»Nein.«
»Ich nehme nur Damen.«
Thea nickte und guckte auf den Platz hinunter.
Nat schlug den Weg zur Wohlwillstraße ein.
»Kennen Sie sich aus in Hamburg?« fragte die Frau.
»Ja«, sagte Thea.
»Sie müssen noch aufs Amt. Ist gleich nebenan. Den Meldezettel kriegen Sie bei meinem Sohn im Laden. Da, wo der Zettel hing.«
»Ich kümmere mich drum.«
»Haben Sie kein Gepäck?«
»Meine Koffer stehen noch bei einem Freund«, sagte Thea.
Nat war nicht mehr zu sehen.
Thea zog das Geld aus der Manteltasche und gab es der Frau.

»Sie haben das Bad noch gar nicht gesehen. Die anderen Damen wollten immer das Bad sehen.«
»Ich schaue es mir an.«
Thea ging hinter ihr her in das Bad und versuchte, interessiert zu sein. Die Kacheln hatten das Braun, das Nat dünne Kacke nannte. Der Boiler war zu klein, um heißes Wasser für zwei zu geben. Das Gesicht der alten Frau im Spiegel sah aus wie schlecht auf alt geschminkt. Thea guckte gebannt auf die Haut, die in plissierten Falten lag. Dünn wie Pauspapier.
Sie brauchte nur noch eine Sekunde, bis ihr einfiel, wo sie die Alte schon einmal gesehen hatte.
Der Persianer hing im Flur auf einem Brokatbügel.
»Persianer ist jetzt ja wieder modern«, sagte die Frau, als sie Theas Blick bemerkte.
Das alles konnte nur eine Fügung sein.
»Ich ziehe morgen nachmittag ein«, sagte Thea.
»Ich bin froh, daß wieder eine Dame da ist. Auf meinen Sohn kann ich da nichts geben.«
»Kann ich einen Schlüssel haben?«
Die Frau griff nach einem Ring mit drei großen Schlüsseln, der auf einem Wandbrett lag.
»Ich bin doch völlig verkrebst. Da muß ich jemanden da haben.«
Thea atmete noch einmal tief durch, bevor sie den Ring nahm. »Danke, Frau Levka«, sagte sie.

Nat stieß die Tür auf und guckte ohne große Hoffnung in das Treppenhaus. Das oder ein anderes Haus in der Straße, Thea konnte hinter einer von hundert Türen sein.

Er hatte verloren. Nat spürte einen Schmerz, als ob ihm jemand einen Schraubenzieher in die Brust drehte.
Er schluchzte auf und erschrak, daß es so laut war. Nur nicht noch mehr auffallen. Die Leute lagen ohnehin schon in den Fenstern und schauten ihm nach.
Vier Häuser hatte er von innen gesehen. Die anderen waren verschlossen oder hatten Treppen, die hinter der Tür anfingen.
Nat verließ das Haus und steuerte den Jaguar an.
Theas Fiat stand nicht mehr an der Ecke.
Als Nat im Auto saß, dachte er, daß er sich noch mehr Schmerz zufügen mußte. Einen, den auch Thea ernst nahm.

Thea ging mit zwei Koffern und zwei Flecken am Hals.
Sie hatte die ersten Stunden der Nacht auf dem Sofa gesessen und Nats Schluchzen zugehört. Dann war sie ins Schlafzimmer gegangen und hatte getan, was er wollte. Sich zu ihm gelegt. Nat hatte nach Whisky gestunken und seine Litanei nur noch lallen können. Thea war eingeschlafen.
Als sie aufwachte, lag Nat auf ihr. Die Hände an ihrem Hals.
Sie hatte sich gegen seine Brust gestemmt und ihre Beine hochgezogen und Nat schließlich abgeschüttelt.
Thea hatte sich im Badezimmer einschließen wollen.
Nat war ihr gefolgt und schnell gewesen.
Thea hatte vor dem Spiegel gestanden und ihr Gesicht angesehen, als sähe sie es zum erstenmal. Nat hatte den Klodeckel geöffnet.

»Du kannst alles«, hatte Thea gesagt, »auch eine Frau vergewaltigen.«
»I pee and I make love«, war Nats Antwort gewesen.
Dann entdeckte Thea die Flecken am Hals.

»Hat er mir zum Geburtstag geschenkt«, sagte Frau Levka, »ein Bild von sich. Wie finden Sie so was?«
Der Kleine guckte fast kühn aus dem Foto. Nur die Nase störte.
»Als wenn er wer wäre«, sagte Frau Levka.
Thea stellte das Foto zurück auf das Buffet.
»An der Nase hat der Alte mit dem Messer herumgeschnitten. Einfach so im Suff. Ist nun auch schon vierzig Jahre her.«
Sie hob ihre Schürze und begann, mit der Stoffecke eine matte Stelle am Buffet zu polieren.
»Schenkt mir ein Bild von sich. Dabei lauert er doch nur, daß ich mich verabschiede und er an die Möbel kann.«
Thea schaute auf das schwarze Eichenbuffet.
»Er handelt mit Antiquitäten«, sagte Frau Levka.
»Ich denke, er hat einen Zeitungsladen.«
»Hat er auch. Er kommt nachher und bringt den Meldezettel. Kann er zu Ihnen reinkommen?«
»Ja«, sagte Thea.
»Und machen Sie das Fenster nicht mehr so oft auf«, sagte Frau Levka, »oder finden Sie, daß es bei mir muffig riecht?«
»Nein«, sagte Thea.
Sie fand, daß sie eine fatale Neigung hatte, sich anzupassen.

Der Kleine hatte den Fischgrätmantel an und ein Köfferchen in der Hand. Er legte das Köfferchen auf den Eichenstuhl, der als einziger in Theas Zimmer stand, und klappte den Deckel auf. Im Köfferchen lag der Meldezettel.
Thea sah den Kleinen an und wartete auf ein Wiedererkennen. Er tat, als habe er Thea noch nie gesehen. Nats Komplize.
»Na und nun ist der Koffer leer«, sagte Frau Levka, die in der Tür stand, »sonst hat er ja noch sein Butterbrot drin.«
Der Kleine drehte sich nicht um. Er stand nur da, als habe ihm gerade jemand eine Pistole in den Rücken gebohrt.
»Danke, Herr Levka«, sagte Thea und nahm den Zettel.
»Kommen Sie doch mal in den Laden«, sagte Valentin Levka.

Nat beugte sich vor und leckte den Whisky auf, der über die Marmorplatte gelaufen war. Vor ihm standen die vier Röhrchen. In vier Apotheken gekauft. Rezeptfrei. Es hatte keinen Sinn, die Tabletten zu nehmen, solange er Theas Adresse nicht kannte. Nat tat nichts ohne Thea. Er nahm das kleine lederne Adreßbuch, das neben der Flasche gelegen hatte und ganz feucht vom Whisky war, und blätterte es durch. Bei Glorias Telefonnummer zögerte Nat. Doch dann blätterte er weiter.
Er nahm die Flasche und goß das Glas noch einmal voll. Diesmal gelang ihm das, ohne die Hälfte zu verschütten. Er mußte aufhören zu trinken. Es half nicht mehr. Die Katastrophe war zu groß geworden für den Whisky. Er zog sich zu schnell wieder zurück und ließ Nat allein.
Nat legte den Kopf auf die Marmorplatte und fing an zu

weinen. Er war noch nicht mal vierunddreißig Jahre alt, und schon gab es um ihn herum keine Menschen mehr.

Thea legte die Hände auf den Ladentisch und las den Titel des Heftchens, das als oberstes auf einem Stapel lag. Duell der Verlorenen. Band 390. Daneben ein Zirkelkasten und eine Etagere aus Porzellan. Levkas Antiquitäten.
»In der Kirche«, sagte Thea, »erinnern Sie sich doch.«
»Er trug eine Fliegerjacke. Eine englische.«
»Ja«, sagte Thea überrascht, »er trug die Fliegerjacke.«
»Ich habe auch eine Lederjacke«, sagte Levka.
Sein Anzug sah aus, als sei er mindestens vierzig Jahre alt.
»Sie sollten sie tragen«, sagte Thea, »Sie sind der Typ dazu.«
Sie hörte ihrem Satz nach und dachte, daß sie schon ziemlich nah am Schwachsinn war.
Der Kleine nahm das Heftchen vom Stapel und drehte es in der Hand.
»Eine tolle Story. Zwei Männer kämpfen einen gnadenlosen Kampf.«
»Lesen Sie all die Heftchen?« fragte Thea.
»Ich muß doch meine Ware kennen«, sagte der Kleine.
»Der Mann in der Fliegerjacke«, fing Thea wieder an.
»Ich dachte, guck mal, den Typen passiert auch mal was.«
»Den Typen?« fragte Thea.
»Denen immer alles gelingt«, sagte der Kleine und zeigte auf den Reklameständer einer Zigarettenmarke, der in einem Regal stand. Der Mann in Jeans hatte tatsächlich eine Ähnlichkeit mit Nat.
»Die Gewinner und die Verlierer«, sagte Thea.

»Und dann dreht sich alles um«, sagte Levka, »die Verlierer sind am Gewinnen.«
»Ich glaube, ich verstehe Sie.«
Der Kleine lächelte Thea an.
»Aber Sie kannten ihn«, sagte Thea.
Der Kleine vertiefte sein Lächeln, als sei das eine Antwort.
»Quält er Sie?« fragte der Kleine.
Thea war wieder sehr überrascht.
»Dann helfe ich Ihnen«, sagte Valentin Levka.

»A love that should have lasted years . . .«, sang McCartney. Dann sprang die Kassette heraus. Nat zog sie aus dem Recorder und sah, daß sich das Band gelockert hatte. Er suchte schon nach dem Kugelschreiber, um es festzuziehen, doch dann legte er die Kassette in die Ablage. Genug sentimentales Dope.
Nat beugte sich vor und öffnete die Beifahrertür. Er schob den Stuhl auf die Straße und rutschte ihm nach. Keiner mehr, der stehenblieb und Nat aus zu kurzer Entfernung zusah. Er gehörte fast zum Straßenbild.
Er hatte Thea noch nicht gesehen. Er sah seit Tagen nur den Fiat, in den Thea nicht stieg. Heute fehlte auch der Fiat. Nat griff in die Tasche seines Tweedjacketts und holte das weiße Tablettenrohr hervor. Er löste den Deckel mit dem Daumennagel und nahm einen der kleinen grünlichen Laibe, die in vier Viertel zu teilen waren. Nat nahm eine ganze Tablette. Trocken. Er hatte noch vierzig von neunundvierzig Lexotanil, die aus dem Schränkchen im Badezimmer gerollt und ihm in den Schoß gefallen waren. Sie mußten im obersten Fach gelegen haben.

Thea hatte Nat schon am ersten Tag entdeckt. Sie war über den Paulinenplatz gegangen und wollte in die Wohlwillstraße zu ihrem Auto, als sie den Jaguar da stehen sah.
Sie hatte sich hinter einem Bauwagen verborgen, und hinter dem Bauwagen kotzte sie auch ihren Kaffee aus. Sie war geblieben, bis ein paar Punker den Wagen passierten und Thea mit dem Pulk zum Neuen Pferdemarkt kam. Sie ging bis zur Sternschanze weiter, um dort in die S-Bahn zu steigen. Sie hatte auf dem Bahnsteig gestanden und den schrecklichen Drang gehabt, vor den Zug zu springen. Thea hatte sich auf eine Bank setzen und daran festklammern müssen, als der Zug einfuhr.
Seitdem hatte sie keinen Schritt mehr vor die Tür gemacht. Eine Lexotanil oder ein Sprung auf die Schienen. Die Tabletten lagen oben im Schränkchen. Neunundvierzig. Thea erinnerte sich genau, nur eine genommen zu haben. Den Entschluß faßte Thea, als Nat aus dem Jaguar stieg. Sie sah ihn in die Tasche seines Jacketts greifen und dachte an eine Pistole in Nats Hand. Ihre Gedanken ließen sich in letzter Zeit allzugern auf Gewalt ein. Nat würde sich eine Weile der Wohlwillstraße widmen. Zeit, in Richtung Reeperbahn zu laufen, ein Taxi zu nehmen. Zwölf Minuten später kam Thea am Innocentiapark an.

Thea saß auf dem Rand der Badewanne und dachte, daß sie aufstehen und die Wohnung verlassen müsse. Nat konnte jeden Augenblick kommen. Er brauchte nicht mal seinen Schlüssel zu ziehen. Ihrer steckte noch in der Tür. Sie hatte schnell wieder aus der Wohnung sein wollen. Sich nicht umsehen. Keine Sorge zulassen.

Nur ins Bad. Das Schränkchen. Das oberste Fach. Die Tabletten waren weg. Thea klappte den Zollstock zusammen und stand auf. Ein Meter achtzig bis zum obersten Fach. Für Thea zu hoch. Sie hatte sich auf die Zehen gestellt, um hineinzugreifen. Aus Nats Augenhöhe ließen sich die Tabletten nicht mal ahnen, und im obersten Fach lag nur noch ein alter Lippenstift.

Der Dobermann ließ ihn nicht aus den Augen. Der Hund hing aus dem Parterrefenster und schien den Plan zu haben, sich hinaus und auf Nat zu stürzen. Nat versuchte den langsamen Rückzug und geriet in den Fahrradständer einer Zigarettenfirma. Das Ganze fing an, ihm peinlich zu werden, trotz der Watte, in die ihn die Tablette bettete. Nat atmete auf, als es ihm gelang, ohne Spektakel loszukommen. Er hatte keine Lust auf Kontakte. Auch keinen Elan mehr, nach Thea zu fragen, als suche er einen davongelaufenen Hund. Das Unglück dauerte schon zu lange, er hielt es nicht länger aus.
Als Nat zum Auto kam, hatte er das Gefühl, alles mit letzter Kraft zu tun. Er saß noch eine halbe Stunde, bevor er sich in der Lage glaubte, zurückzufahren. Er hätte sich gern vor Theas Tür gelegt, hätte er nur gewußt, wo die war.

»Heute hat sich Ihr Typ in meinem Fahrradständer gefangen.« Der Kleine machte Theas Zimmertür hinter sich zu. »Nur, daß meine Mutter nichts hört«, sagte er.
»Nat war in Ihrem Laden?« fragte Thea.
»Nein. Nur davor.«

»Er hat Kontakt zu Ihnen aufgenommen.«
»Nein. Meinen Sie, er weiß, daß Sie bei mir sind?«
»Daß ich bei Ihnen bin?«
Der Kleine nickte.
»Er kennt das Zimmer nicht«, sagte Thea.
»Ich habe Ihnen was mitgebracht.«
Levka kam ins Zimmer und zog den Stuhl zu sich heran. Er legte das Köfferchen darauf und ließ das Schloß aufschnappen. Im Köfferchen lag ein Klappmesser.
»Das Messer?« fragte Thea.
»Zu Ihrem Schutz«, sagte Levka, »ich hab' so ein Messer schon gut brauchen können. Wenn die Punker zu frech wurden.«
»Sie haben mit dem Messer zugestochen?«
»Ein bißchen geritzt. Auch schon mal Türken.«
»Und wen soll ich mit dem Messer ritzen?«
Der Kleine grinste.
»Warten Sie mal ab«, sagte er.

»Wir sind doch alle Zombies«, sagte der Junge und zog an dem Zöpfchen, das ihm am kahlgeschorenen Kopf wuchs.
»Ja«, sagte Nat, »du hilfst mir also?«
»Kommt drauf an.«
Nat holte ein Bündel Scheine aus der Brusttasche des Jacketts und hielt dem Jungen einen Hunderter hin.
»Den als Anzahlung.«
Der Junge stellte die Bierbüchse unter die Bank und betrachtete Nat zum erstenmal mit Interesse.
»Du sollst eine Frau finden. Die Häuser hier abklappern

und nach ihr fragen. Sie hat ein Zimmer in irgendeinem der Häuser.«
»Keine linke Sache?«
»Nein«, sagte Nat, »ich kann nur ohne sie nicht leben.«
»Ach du Scheiße.«
»Ziemlich klar ausgedrückt«, sagte Nat.
»Dann beschreibe mir mal die Dame.«
Nat griff in das Jackett und holte ein Foto heraus.
»Meistens hat sie was Lilafarbenes an«, sagte er.
Der Junge nahm das Foto und nickte.
»Noch deine Telefonnummer, und dann kannst du abhauen.«
Nat hatte schon eine Karte in der Hand.
»Und wedle bloß nicht mehr mit deiner Kohle«, sagte der Junge, »du bist nicht schnell genug, wenn einer ran will.«
»Ja«, sagte Nat.
Er fand langsam Vertrauen zu dem Jungen.

»Fast noch jungfräulich«, sagte der Mann, der den Fiat kaufen wollte, »Fahren ist wohl keine Leidenschaft von Ihnen.«
Er legte das Geld auf Frau Levkas Osterdecke, und Thea gab ihm die kleine Klarsichtmappe mit den Autopapieren.
Er zog Theas Führerschein heraus und hielt ihn ihr hin.
»Den behalten Sie mal. Aber den Fahrzeugbrief hätte ich gerne.«
»Der muß in der Mappe sein«, sagte Thea und wußte schon, daß das nicht stimmte. Der Fahrzeugbrief lag in Louises Sekretär. Der Mann warf die Mappe auf die gestickten Weidenkätzchen.

»Dann geben Sie mal das Ding.«
»Er liegt noch in meiner alten Wohnung.«
»Ich brauche ihn morgen abend.«
»Sie haben ihn morgen abend.«
»Übermorgen verreisen wir.«
»Sie können sich darauf verlassen«, sagte Thea.
Der Mann nahm die neun Tausender vom Tisch.
»Morgen abend«, sagte er.
Thea ging mit ihm in den Flur. Frau Levka stand in der Küchentür und hatte die spitzen Lippen, die Thea schon in der Kirche aufgefallen waren. Sie sah aus wie eine böse alte Katze.
»Ich hoffe, Sie machen hier keine Geschäfte«, sagte Frau Levka, als Thea die Tür hinter dem Mann schloß.
»Ich habe mein Auto verkauft.«
»Irgendwas ist nicht in Ordnung mit Ihnen«, sagte Frau Levka.
Thea ging in ihr Zimmer und drehte den Schlüssel in der Tür. Sie zog die Schublade des schwarzen Vertikos auf und holte das Klappmesser heraus. Sie zerschnitt all die braunen und weißen Wollfäden der Weidenkätzchen. Dann nahm sie den Führerschein. Das Messer schnitt durch das Papier wie durch weiche Butter. Thea hatte nicht gedacht, daß Levka ein so scharfes Messer besaß.

»Ist keiner da«, sagte der Junge mit dem Katzenkorb.
»Hast du geklingelt?«
»Schon dreimal.«
Thea zog ihren Schlüssel. In einer Minute konnte sie wieder draußen sein. Mit dem Fahrzeugbrief.

»Können Sie ihm noch mal danke sagen«, sagte der Junge, »und der Katze geht es gut. Ich habe Weihnachten wieder weggemußt. Darum bin ich nicht gekommen.«
Thea drehte sich zu dem Jungen um. Sie hatte plötzlich das Gefühl, daß das, was er sagte, sehr wichtig war.
»Du wolltest zu Herrn Landman?«
»Der Mann, der den Dachgarten hat«, sagte der Junge.
Thea nickte.
»Erzähl mir die Geschichte«, sagte sie.
»Er hat meine Katze gerettet. Sie saß in der Dachrinne fest. Ich konnte sie sehen, aber ich konnte nicht raus. Meine Tante hatte mich eingeschlossen.«
»Und der Mann hat sie vom Dach geholt?«
»Aus der Rinne«, sagte der Junge, »mit dem Seil.«
»Am Tag vor Weihnachten?« fragte Thea.
Der Junge nickte.
»Und es hat so geschneit«, sagte er.
»Ich werde ihm sagen, daß du da warst.«
»Ich muß nämlich schon wieder weg«, sagte der Junge.
»Du kannst dich auf mich verlassen«, sagte Thea.

Nat nahm das Tütchen Caprisonne, das in seinem Schoß lag.
»Was soll ich damit?« fragte er.
Der Junge drehte an seinem Zöpfchen und sah gelangweilt auf Nat.
»Hab' ich beim Türkenquäler geklaut«, sagte er.
»Türkenquäler«, sagte Nat.
»Levka. Er hat einen Laden. Beim Paulinenplatz. Deine Dame lebt bei ihm. Das heißt bei Levkas Mutter.«

»Hat sie was mit ihm?« fragte Nat.

Der Junge grinste.

»Glaub' ich nicht«, sagte er, »es sei denn, sie hätte gern mal 'ne ganz andere Nase.«

»Und warum Türkenquäler?« fragte Nat.

»An uns traut er sich nicht. Aber den Türkenkindern dreht er die Ohren ab. Behauptet, die klauen bei ihm.«

Der Junge nahm Nat das Tütchen Caprisonne aus der Hand.

»Und die Adresse?« fragte Nat.

»Hab' ich aufgeschrieben«, sagte der Junge und holte einen Zettel aus der hinteren Tasche der Lederhose.

»Dritter Stock, und hinten steht meine Nummer drauf, falls du mich noch mal brauchst.«

»Dritter Stock. Da stell' ich mich am besten vor die Haustür.«

»Die bauen dir hier noch 'n Denkmal«, sagte der Junge, »so hat noch keiner an der Gegend gehangen.«

»Kriegst du noch was von mir?«

»Nein«, sagte der Junge.

»Dann danke«, sagte Nat und drehte zum Paulinenplatz.

»Deine Dame ist weg. Kaum, daß dein Auto um die Ecke kam.«

»Dann warte ich eben«, sagte Nat.

Der Junge zuckte die Achseln.

»Was hast du eigentlich mit der Nase gemeint?«

»Aus Levka hat wohl mal jemand Hackfleisch machen wollen. Ist leider nur an die Nase gekommen.«

»Klein«, sagte Nat, »und meistens trägt er einen Fischgrätmantel.«

»Genau«, sagte der Junge, »verarschst du mich eigentlich?«
»Nein«, sagte Nat, »ich bin das Opfer.«
»Dir geht es noch dreckiger, als ich dachte.«
»Ja«, sagte Nat.
Allmählich traute er Thea alles zu.

Thea hatte den Fahrzeugbrief immer noch in der Hand, als sie in Levkas Laden kam.
»Haben Sie einen Umschlag für mich?« fragte sie.
Der Kleine sah gekränkt aus.
»Ich bin kein Papierladen«, sagte er.
Thea nickte und guckte auf den Reklameständer der Zigarettenmarke, der jetzt vorn auf dem Ladentisch stand. Levka hatte den Mann in Jeans zum Greifen nah.
»Ihr Typ schickt Ihnen einen Spion hinterher.«
Thea sagte nichts. Der Kleine schob den Ständer in den Stapel Heftchen hinein und lehnte sich über den Ladentisch.
»Ein Punker. Er kam in den Laden und hat mich angequatscht. Jemand muß ihm von uns geflüstert haben.«
»Und Sie?« fragte Thea. »Was haben Sie ihm gesagt?«
»Er soll sich zum Teufel scheren«, sagte Levka, »aber passen Sie auf, Ihr Typ lungert bald bei uns vor der Tür.«
Thea stützte sich auf. Der Kleine flimmerte ihr vor den Augen.
»Ihnen ist schlecht.«
»Ja«, sagte Thea.
»Fürchten Sie sich nicht.«
Thea lachte fast, so feierlich sagte er das.

»Den kriegen wir. Der macht Ihnen nicht mehr lange was vor.«
Thea sah den Kleinen an. Levka wußte alles.

»Ich komme dich holen«, sagte Nat, als Thea noch nach dem Lichtknopf im Treppenhaus suchte.
Thea stand still. Nats Stimme kam von der Kellertür.
»Der Knopf ist links neben dir.«
Thea dachte, die Treppen im Dunkeln hochzulaufen, die Tür zu versperren. Thea dachte, daß Frau Levka nicht zurückzuhalten wäre, auf Nats Klingeln zu öffnen.
»Ich komme nicht mehr«, sagte Thea, »kapiere doch endlich.«
»Du hast mich kaputtgemacht. Du wirst bleiben.«
»Nein«, sagte Thea.
»Dein Leben lang«, sagte Nat.
Thea fand den Lichtknopf. Die Birne über ihr blieb dunkel. Nur aus dem ersten Stock schien Licht herunter.
»Ich habe dich durchschaut«, sagte Thea.
Nat sah sie an. »Du bist krank«, sagte er.
»Steh auf und verschwinde«, sagte Thea.
Nat stieß sich von der Kellertür ab und kam näher.
»Keine Angst, ich finde einen Arzt, der dich von deinem Verfolgungswahn heilt.«
Thea lachte. Oben ging eine Tür auf und wieder zu.
»Du hast mich kaputtgemacht«, sagte Nat.
Er dachte, daß er dabei war, alles falsch zu machen.
Das Licht im Treppenhaus ging aus. Nat hörte Thea auf der Treppe. Dann fiel im dritten Stock eine Tür zu. Ein Schlüssel wurde ein paarmal im Schloß gedreht. Thea

stand vermutlich dort oben und zitterte vor Angst, daß er ihr nachstieg und die Tür eintrat.
Nat fing an zu lachen. Als er wieder auf der Straße war, wurde ihm ganz schlecht davon.

Das Telefon klingelte, kaum, daß Thea die Tür geschlossen hatte. Bei Frau Levka blieb es dunkel.
Thea nahm den Hörer ab und hörte die Stimme des Kleinen.
»Ich habe Sie den ganzen Nachmittag gesucht.«
»Ihre Mutter ist nicht da«, sagte Thea.
»Doch«, sagte Levka, »im Schlafzimmer. Sie ist tot.«
»Ich finde das nicht so schrecklich lustig«, sagte Thea.
»Der Sarg kommt erst morgen«, sagte Levka.
Thea ließ den Hörer fallen und ging in das Schlafzimmer. Das Licht aus dem Flur genügte, um Frau Levka auf dem Bett liegen zu sehen. Sie hatte noch einen ihrer Kittel an. Ihr Körper schien schon starr zu sein.
Thea ging in den Flur zurück und nahm den Hörer hoch.
»Sind Sie wieder da?« fragte Levka.
»Was ist passiert?«
»Nur, daß sie tot umgefallen ist«, sagte Levka, »sie war noch bei mir im Laden und hat wegen der Decke gekeift.«
»O Gott«, sagte Thea.
»Regen Sie sich nicht auf. Meine Mutter war fällig. Ein Wunder, daß sie überhaupt noch so lange gelebt hat. Sie sollte schon letzten Sommer gestorben sein.«
»Ich suche mir ein anderes Zimmer«, sagte Thea.
»Nein«, sagte Levka, »ich nehme nur ein paar Möbel raus.«

»Er weiß ja, wo ich bin«, sagte Thea, »er war hier.«
»Wir reden darüber. Morgen, wenn der Sarg kommt.«
Levka legte auf. Etwas an ihm war anders geworden.

Nat stand unten im Treppenhaus, als der Sarg aus der Tür getragen wurde. Neben ihm die Nachbarn. Thea kam hinter den Trägern her und fand sich als Teilnehmerin eines Leichenzuges. Sie hatte nur dem Gespräch mit Levka ausweichen wollen.
»Noch eine Leiche auf deinem Weg«, sagte Nat. Er sagte es nicht laut, doch die Köpfe drehten sich zu ihnen.
»Ich habe Schlaftabletten und die Lexotanil.«
»Die Lexotanil«, sagte Thea.
»Ich nehme alle, wenn du morgen nicht da bist«, sagte Nat, »ich nehme sie morgen nacht.«
»Nenn lieber keine Termine. Du hältst dich doch nicht daran.«
Nat schien endlich getroffen zu sein. Er sah Thea an, als sehe er eine Erscheinung.
Thea spürte einen Druck auf ihrem Arm. Levka stand neben ihr.
»Du hast doch nichts mit diesem Schrat«, sagte Nat.
Er hatte die Aufmerksamkeit aller Nachbarn.
»Du machst dich lächerlich mit ihm.«
Levka verstärkte den Druck.
»Lassen Sie mich los«, sagte Thea.
Nat hatte Triumph im Gesicht.
»Vergiß nicht, die Tabletten zu nehmen«, sagte Thea.
»Ich nehme sie«, sagte Nat, »und das wird dir ein Leben lang auf der Seele liegen.«

Levka drehte sich um und ging auf den Leichenwagen zu. Thea sah erst jetzt, daß er eine Fliegerjacke trug.
Sie drängte sich an den Leuten vorbei und lief ins Haus hinein und die Treppen hoch.
Nat würde nicht wagen, ihr nachzukommen.

Levka trat gegen die Löwenpranke. Der schwarze Schrank schwankte und mit ihm die geschnitzten Aufbauten und die Vögel, die hinter den Schnitzereien standen.
»Das hat der Alte am liebsten gemacht«, sagte Levka, »ausstopfen.«
»Aber warum Krähen?« fragte Thea.
»Andere hat er nicht gekriegt.«
Levka riß die Schranktüren auf und zerrte die Kleider heraus.
»Hab' ich dreißig Jahre tragen müssen. Alles die Anzüge vom Alten.«
»Aber jetzt haben Sie ja Ihre Lederjacke«, sagte Thea.
»Und Ihr Typ nimmt die Tabletten«, sagte Levka und klang hoffnungsvoll.
»Er hat ein paarmal zu oft mit seinem Selbstmord gedroht.«
»Mein Alter auch«, sagte Levka, »und dann hat er's doch getan.«
»Glauben Sie, daß Nat es tut?«
»Was wollen Sie von ihm?« fragte Levka.
»Daß er mir nichts vormacht.«
»Er lügt Sie an?«
»Ich denke, daß Nat ein guter Fußgänger ist.«
Levka hielt sich eine alte Uniformjacke vor die Brust.

»Soll ich die tragen?«
»Nein«, sagte Thea.
»Ihr Typ kann also laufen.«
»Erzählen Sie mir doch endlich alles.«
»Mein Alter hat sich mal ins Knie geschossen, als meine Mutter ihn verlassen wollte.«
»Ihr Vater scheint ein ziemlicher Irrer gewesen zu sein.«
»Sie haben sich von mir losgemacht, nur weil Ihr Typ da war.«
»Ich hasse es, festgehalten zu werden«, sagte Thea ungeduldig.
»Stellen Sie ihm doch eine Falle.«
»Eine Falle«, sagte Thea.
»Eine Sache, bei der er ganz schnell aufsteht.«
»Ja«, sagte Thea, »helfen Sie mir dabei?«
Levka nickte.
»Aber erst mal bring' ich Sie woanders unter«, sagte er, »sonst bequatscht Ihr Typ Sie noch.«

»Deine Dame ist nicht mehr da«, sagte der Junge, »steht noch'n Haufen Kram in der Bude, aber ihr Zeugs ist weg.«
Nat nickte. Er sah sehr niedergeschlagen aus.
»Was kriegst du für die Bemühung?« fragte er.
»Drei Treppen steig' ich auch mal gratis rauf.«
»Aber du bist doch auch in die Wohnung gekommen.«
»Okay«, sagte der Junge, »dann gib mir mal 'nen Fuffi für die Bemühung.«

»Der Stuhl«, sagte Levka, »der rollt doch schön.«
»Ja«, sagte Thea.

»Ich gebe ihm einen Stoß, und er liegt auf den Schienen.«
»Ich will ihn nicht umbringen.«
»So, daß der Fahrer ihn noch früh genug sieht. Die Züge fahren doch ganz langsam ein.«
»Nein«, sagte Thea.
»Er steht auf und ist schon auf der Kante.«
»Er hat lang gesessen. Er ist schwach auf den Beinen.«
»Dann finde ich einen Bahnsteig, bei dem es einfach ist«, sagte Valentin Levka.

»Laß deine Kohle stecken. Du wickelst zuviel über Kohle ab.«
»Ich dachte, daß dich sonst nichts an der Sache interessiert.«
»Besessene interessieren mich immer.«
»Hast du sie gefunden?« fragte Nat.
»Nein«, sagte der Junge und drehte an dem Zöpfchen, »Levka muß deine Dame gefressen haben.«
»Auch nicht im Laden?«
»Auch nicht in der Wohnung dahinter.«
»Ich werde zu ihm in den Laden gehen«, sagte Nat.
»Kannst du tun. Nur, daß der Laden zu ist. Wegen Trauerfall.«
»Ich schlage ihm die Scheiben ein«, sagte Nat.
»Vielleicht ist sie ja aus der Stadt. Ohne Levka.«
Nat sank in sich zusammen.
»Das nicht«, sagte er, »nicht aus der Stadt.«
»Du fängst an, mir auf den Geist zu gehen«, sagte der Junge.
Er ließ Nat auf der Straße stehen.

»Die S-Bahn nach Ohlsdorf«, sagte Levka, »der Alte liegt da draußen. Ich kenne die Strecke.«
»Wollen Sie ihn aus dem Zug werfen?«
Levka grinste. Er zog die zu langen Ärmel der Lederjacke hoch.
»Sollte ich tun«, sagte er, »aber er kriegt seine Chance.«
»Was ist mit der S-Bahn nach Ohlsdorf?«
»Am Hauptbahnhof läuft sie auf Gleis 3 ein, und Gleis 3 ist das letzte auf der Seite.«
»Und das heißt?« fragte Thea.
»Sie wollen es ihm doch leichtmachen. Auf der anderen Seite des Gleises ist nur noch eine flache Plattform für die Bahnfritzen.«
»Nat kann dort hochkommen?«
»Er braucht kaum den Fuß zu heben. Nur aufstehen muß er.«
»Ich schaue es mir an«, sagte Thea.
»Einen Aufzug gibt es auch. Zum Runterfahren. Rauf kann er ja dann laufen.«
»Glauben Sie nicht, daß Sie gleich verhaftet werden?«
»Nein«, sagte Levka, »die Stelle ist günstig.«
»Ihm darf nichts passieren«, sagte Thea.

Nat öffnete erst die Flasche Malt und dann die Kappen der Röhrchen. Er füllte das schwere Glas mit den goldenen Initialen, das ihm das beste für den Anlaß schien, und schüttete die Tabletten aus. Vier weiße Häufchen auf dem weißen Marmortisch.
Nat nahm das Glas und trank bis zur Neige. Er behielt das Glas in der Hand, doch er schenkte nicht nach.

Er mußte darauf achten, nicht zu früh betrunken zu sein. Den Initialen fehlten die Enden. Das L und das F sahen angegriffen aus. Er selber hatte an Louises kostbaren Gläsern mit seinem kleinen Taschenmesser gekratzt.
Nat kamen die Tränen, als er an das Kind dachte, das er gewesen war. Er fuhr mit dem Finger durch die Tabletten und teilte eines der Häufchen und dachte, die ersten trokken zu schlucken. Er stellte das Glas ab. Theas Schreie. Er hätte gern Theas Schreie gehört. Das Entsetzen, ihn nicht zurückholen zu können.
Schütteln. Thea würde seinen Körper schütteln.
Er hatte Louise geschüttelt, doch er hatte nichts gehofft dabei. Louises verzerrtes Gesicht, das auch noch nicht wieder glatt war, als Love kam. Nat hatte Angst vor dem Sterben.
Er hatte fünf Tabletten geschluckt und die halbe Flasche Whisky getrunken, als das Telefon klingelte.
»Ich hab' schon gedacht, Sie sind nicht da«, sagte Levka.
Er schien durch ein Blechrohr zu rufen, doch Nat erkannte ihn.
»Wo ist Thea?«
Levka lachte.
»Sie haben mich nötig«, sagte er, »hätten Sie gedacht, daß Sie einen wie mich mal nötig haben?«
»Was habe ich Ihnen getan?« fragte Nat.
»Ihnen hat man alles hinterhergeworfen.«
»Ich kann ja mal aus meinem leichten Leben erzählen.«
Nat bekam Schwierigkeiten mit dem Sprechen.
»Sie sind besoffen«, sagte Levka, »oder betrinken Sie sich nur?«

»Wo ist Thea?« fragte Nat.
»Kommen Sie zum Hauptbahnhof. Gleis drei. Sie können mit dem Aufzug runter, und wenn Sie rauskommen, gleich links unter der Brücke. Ich stehe da.«
»Jetzt gleich?« fragte Nat.
»Morgen nachmittag. Vier Uhr.«
»Thea bringen Sie mit«, sagte Nat.
»Dann bis morgen«, sagte Levka.
Nat nahm eines der Paperbacks und kritzelte die Uhrzeit hin und das Gleis. Dann schlief er neben dem Schreibtisch ein.

»Am Tag vor Weihnachten«, sagte Thea, »die Katze auf dem Dach.«
»Thea«, sagte Nat, »wo bist du?«
Er drückte die Hände an die Ohren, doch die Geräusche gingen ihm nicht aus dem Kopf. Er öffnete die Augen. Es war dunkel.
»Ich lege auf, wenn du dich nicht ans Thema hältst.«
»Was für ein Thema?«
Theas Stimme entfernte sich. Er hörte sie nur noch schwach.
»Die Katze des Jungen, die du vom Dach geholt hast.«
»Katze«, sagte Nat, »ich weiß nicht. Wie soll ich jetzt an eine Katze denken.«
»Ich lege auf.«
»Warte«, sagte Nat, »am Tag vor Weihnachten. Laß mich doch denken. Das Seil. Ich habe eine Schlaufe gemacht und das Seil hochgeworfen. Da ist der Giebel mit dem Drachenkopf.«

Er fing an, wach zu werden.
»Du bist auf das Dach geklettert.«
»Ich habe mich am Seil hochgezogen. Mit der Kraft meiner Arme. Das gehörte zur Therapie. Du hast es damals gesehen.«
Thea schwieg.
»Thea«, sagte Nat, »bitte sag mir, wo du bist.«
Doch Thea war nicht mehr in der Leitung.

Links neben dem Aufzug, hatte Levka gesagt, unter der Brücke. Die Uhr auf Gleis 3 sprang gerade auf halb drei, als Thea aus dem Aufzug kam. Der Bahnsteig war ziemlich voll.
Nat würde auf Levka zeigen und auf Thea.
»Die waren es«, würde er sagen, und die Menge würde sie einkreisen. Ihr war es egal. Warum war es Levka egal?
Unter der Brücke stank es nach Urin. Thea stellte sich hinter einen der Betonpfeiler und dachte, daß Levka da stehen würde, wenn Nat kam. Die Plattform gegenüber war flach, wie Levka gesagt hatte. Ein Geländer davor, an dem Nat sich halten konnte. Im Schotter pickte eine Taube an einem Cracker.
Das Donnern kam aus der Tiefe des Bahnhofs und hielt sich am Beton. Die Taube flog auf und konnte noch knapp entkommen.
Die S 11 nach Ohlsdorf bremste erst hinter der Brücke ab.

»Sie irren sich«, sagte Thea, »ich gehe nicht über seine Leiche.«
Sie faßte in den Knoten ihres Schals und lockerte ihn.

Die Uhr auf Gleis 3 stand schon auf Viertel vor drei.
»Moment mal«, sagte der Mann, »mit wem spreche ich?«
Thea hatte schon die Hand auf der Gabel.
»Wer sind Sie?« fragte sie.
»Wenn Sie den alten Pächter sprechen wollen«, sagte der Mann, »ich habe keine Ahnung, wo Levka ist. Aber er soll den Krempel hier abholen. Nächste Woche ziehen wir ein.«
»Danke«, sagte Thea.
Sie vergaß, den Hörer aufzulegen. Sie ließ ihn einfach hängen.

Nat atmete auf, als er Zeit und Ort auf dem Einband von Buddy Brickstone's Dream fand. Einen Augenblick lang hatte er gefürchtet, die Anrufe nur geträumt zu haben.
Die Katze. Er hatte keine Ahnung, wie Thea auf die Katze kam. Doch irgend etwas schien ihm tröstlich an diesem Gespräch. Nat rückte auf den Stuhl unter der Dusche und ließ kaltes Wasser über seinen Körper laufen. Er hatte die Tabletten und den Whisky nicht allzu schlecht überstanden.
Um drei wollte er aus dem Haus sein, und wenn er den Bahnhof noch eine halbe Stunde umkreiste. Nat wollte keine Minute zu spät kommen zu dieser Verabredung.

Nathaniel Landman. Thea hatte den Namen auf dem Türschild nie mit Nat verbunden. Sie stand mit der Nase vor dem Schild und drückte noch einmal auf den Klingelknopf. Nat war nicht mehr da. Ganz gegen seine Gewohnheit, alles erst in letzter Minute zu tun. Thea sah auf ihre

Uhr. Es war Viertel nach drei. Sie holte ihren Schlüssel aus der Tasche und hatte Mühe, das Schloß zu treffen. Ihre Hände zitterten.
Irgendwo mußte in dieser Wohnung wenigstens noch eine Lexotanil sein. Nur eine, um die nächste Dreiviertelstunde zu überstehen. Thea ging in das Schlafzimmer, das erstemal seit der Nacht, in der sie gegangen war. Auf Nats Nachttisch stand das Bild des glücklichen Paares, das auf dem Kaminsims gewesen war. In der Schublade nur ein paar Präservative aus einer anderen Zeit und das Holzkästchen. Nats Schrein.
Thea öffnete es, in der Hoffnung, dort eine Tablette zu finden. Doch sie fand nur Kalenderblätter und ein Stück von ihrem lila Kleid, das sie an einem Septembertag in London getragen hatte. Dreiundzwanzig Minuten nach drei. Thea lief in das Bad und riß die Tür des Schränkchens auf. Ihr alter Lippenstift rollte heraus, aus dem obersten Fach, dort, wo mal die Tabletten gelegen hatten. Um sechsundzwanzig Minuten nach drei goß Thea sich einen Whisky ein. Sie hatte schon ein Glas aus dem Schrank genommen, doch dann sah sie Nats Glas auf dem Marmortisch stehen.
Thea trank aus seinem Glas. Einen großen Whisky. In großen Schlucken. Sie liebkoste das Glas fast. Um drei Minuten nach halb vier verließ Thea das Haus.

Nat war als erster da. Er stellte den Jaguar in der Kirchenallee ab und stand noch vor dem Schauspielhaus, bevor er den Bahnhof ansteuerte. Ein Junge mit einem Skateboard schnitt ihn, und Nat übersah einen Bordstein und sah darum auch nicht Levka, der von Nagel gekommen war,

wo er einen Klaren getrunken hatte. Levka lehnte das Trinken ab, er konnte Trinker nicht ausstehen, der Alte hatte dann gar nicht mehr gewußt, was er tat. Levka trank nie. Nur heute. Da hatte er einen Klaren gebraucht.
Nat stand vor dem Zeitungsstand und las die Schlagzeilen. Zeit totschlagen. Er hatte noch immer zwanzig Minuten.
Der Zeiger der Uhr hatte sich kaum bewegt, als Nat links in den Bahnhof einbog. Aus dem Aufzug an Gleis 3 kam ein alter Mann mit einem Hund. Nat lehnte sich an das Geländer und guckte auf das Gleis hinunter. Es war die Brücke, auf der er stand. Nat sah zum anderen Ende des Bahnhofs und dachte daran, Thea abzufangen. Was sollte das Treffen unter der Brücke.
Nat wollte keine Umwege mehr machen.

Um zwanzig vor vier hatte Valentin Levka seine Gelassenheit so weit wieder, daß er ein Würstchen essen wollte. Er hatte gerade einen großen Bissen und zuviel Senf genommen, als er zur Brücke hochsah und Nat entdeckte.
Er fing zu husten an, und der Senf stieg ihm in die Nase, und die Nase lief. Levka nahm die Papierserviette und verzog sich ein Stück weiter hinter den Kiosk.
Er dachte, daß Nat immer noch verdammt selbstgefällig aussah.
Es war vier Minuten vor vier, als Levka hinter dem Kiosk hervorkam und unter die Brücke ging. Er stellte sich neben einen Pfeiler, an den eine Leiter gekettet war. Levka streckte die Hand aus und hielt sich an einer Sprosse. Irgendwas würde er Nat erzählen, wenn nicht gleich ein

Zug kam. Levka ließ die Leiter los und fing an, sich zu freuen.
Er hatte es zu tun.

Nat starrte in die Menge und hoffte, Thea zu entdecken, und hätte fast den Zeitpunkt verpaßt. Die Uhr auf dem Bahnsteig stand schon auf vier, als Nat den Aufzug hochholte. Der Aufzug stank, es war reichlich gepinkelt worden trotz der gläsernen Wände. Nat sank nach unten und konnte den Bahnsteig überblicken.
Thea würde schon unter der Brücke stehen.
Thea war immer pünktlich.
Nat kam aus dem Aufzug und fühlte sich fast glücklich.
Er hatte auf einmal das Gefühl, daß alles gut werden würde.

Thea hatte Angst, und wenn sie Angst hatte, war Thea langsam. Thea hatte Angst um Nat. Die vier Schläge der Uhr schienen ihr schon eine Ewigkeit her, als das Taxi vor dem Bahnhof hielt.
Thea ließ einen Schein fallen und die Tür offen und lief los und hatte Mühe, die Füße zu heben, aus Furcht, daß die Bilder vor ihren Augen schon wahr waren.
Nat auf den Schienen, und Levka verschwunden in der Menge, die sich gesammelt hatte.
Thea lief in ein Skateboard und stolperte und fiel fast die Treppe hinunter. Links neben dem Aufzug. Unter der Brücke. Sie sah Nat, und sie sah Levka, und dann hörte Thea das Donnern, und in der Sekunde kam sie an und gab ihm den Stoß.

Nat verstand schneller als Thea. Er zog Thea mit sich, und sie waren schon auf der Straße, als die Menge sich noch sammelte. Erst als sie am Auto ankamen, begann Nat zu zittern, doch da war Thea wieder ruhiger, und es gelang ihr, auch ihn zu beruhigen. Sie strich ihm das Haar aus der Stirn und legte die Hände an sein Gesicht, und ihre Finger fingen an, ihn zu streicheln. Dann half sie ihm ins Auto und stieg zu ihm ein.

Der Fahrer der S-Bahn sagte da gerade, eine blonde Frau habe noch versucht, den Selbstmord zu verhindern.

Ein zweiter Zeuge sprach von einem Jungen mit sehr hellen Haaren und einem lila Schal, der bei den beiden Männern gewesen war.

Die anderen erinnerten sich nur an einen Mann im Rollstuhl.